DESEO

ANNA DePALO
Doble engaño

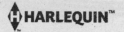

HARLEQUIN™

Editado por Harlequin Ibérica.
Una división de HarperCollins Ibérica, S.A.
Núñez de Balboa, 56
28001 Madrid

© 2017 Anna DePalo
© 2019 Harlequin Ibérica, una división de HarperCollins Ibérica, S.A.
Doble engaño, n.º 171 - 15.11.19
Título original: Hollywood Baby Affair
Publicada originalmente por Harlequin Enterprises, Ltd.

I.S.B.N.: 978-84-1328-619-8
Depósito legal: M-28835-2019
Impreso en España por: BLACK PRINT
Fecha impresion para Argentina: 13.5.20
Distribuidor exclusivo para España: LOGISTA
Distribuidor para México: Distibuidora Intermex, S.A. de C.V.
Distribuidores para Argentina: Interior, DGP, S.A. Alvarado 2118.
Cap. Fed./Buenos Aires y Gran Buenos Aires, VACCARO HNOS.

MIXTO
Papel procedente de fuentes responsables
FSC® C108412
FSC
www.fsc.org

Capítulo Uno

Festival de amor de la actriz y el especialista. Un despliegue de algo más que pirotecnia cinematográfica.

Chiara Feran recordó el titular de la página web de cotilleos, cuando no debería haberlo hecho.

Se hallaba agarrada a los musculosos hombros del doble cinematográfico, en lo alto de un edificio de cuatro pisos, mientras la hélice de un helicóptero giraba al fondo, intentando actuar como si le fuera en ello la vida cuando, en realidad, lo que se jugaba era la carrera. Al fin y al cabo, en esa web se había escrito que aquel semental y ella eran pareja y, en aquellos momentos, ella necesitaba que la prensa no prestara atención a su padre, un tahúr amante de Las Vegas, que amenazaba con provocar controversia.

Alzó la cabeza para apartarse el cabello del rostro. Al ensayar había oído que el especialista se llamaba Rick, pero le parecía que la forma más conveniente de llamarlo era «insoportable». Tenía unos llamativos ojos verdes que la miraban como si fuera una diva mimada que necesitaba que la trataran con guantes de seda.

«No quiero estropearte las uñas».

«Gracias, pero hay una manicura en el plató».

Había intercambiado algunas frases durante

3

el rodaje que a Chiara la habían puesto furiosa. Era cierto que él poseía un magnetismo que podía igualar al de una gran estrella cinematográfica, por lo que no entendía por qué se conformaba con ser un doble. Sin embargo, no necesitaba que le estimularan aún más la autoestima, y corría el rumor de que no era quien aparentaba ser y que tenía un pasado turbio y secreto.

También se rumoreaba que era inmensamente rico. Teniendo en cuenta el tamaño de su ego, a ella no le sorprendería que hubiera sido él mismo quien hubiese puesto los rumores en circulación. Era un macho dispuesto a salvar a la damisela en apuros, pero ella podía salvarse sola. Había aprendido, hacía tiempo, a no depender de ningún hombre.

Abrió la boca, pero, en lugar de lanzar un grito de angustia, dijo la siguiente línea del guion.

–¡Zain, vamos a morir!

–No voy a soltarte –contestó él.

Chiara sabía que a él le doblaría la voz el protagonista. Le producía una perversa satisfacción llamarlo por el nombre de este, su compañero de rodaje. Y, desde luego, estaban muy lejos de ir a morir.

Aunque tanto Rick como ella se hallaban sujetos por arneses invisibles, en un plató cinematográfico se producían accidentes. En ese momento, sonaron más explosiones a su alrededor.

En cuanto la escena acabara, se iría a su caravana a tomarse una café y a hablar con Odele.

–¡Corten! –gritó el director por el megáfono.

Chiara se soltó, aliviada.

Mientras los bajaba, Rick apenas disminuyó la fuerza con la que la agarraba.

4

Ella estaba físicamente agotada después de haberse pasado doce horas en el plató. En la otra clase de agotamiento prefería no pensar; un cansancio existencial que le hacía difícil que le importara algo en la vida. Por suerte, el rodaje de la película acabaría pronto.

Las películas de acción la aburrían, pero servían para pagar la hipoteca y algo más. Y Odele, su mánager, siempre le recordaba que hacían que el gran público no la olvidara, que siguiera siendo muy popular y que la recaudación fuera alta. Esa película no era una excepción. *El orgullo de Pegaso* trataba de una misión para impedir que los malos volaran la sede de las Naciones Unidas y otros importantes edificios de gobierno.

En cuanto sus pies tocaron el suelo, no hizo caso del principio de excitación que sentía y se apartó de Rick.

Este tenía el pelo revuelto y los vaqueros por debajo de las caderas. Una sucia chaqueta le cubría la camiseta. De todos modos, de él emanaba la autoridad de un señor del universo, tranquilo e implacable, pero listo para actuar.

A Chiara no le gustaba su forma de reaccionar ante él. Hacía que se sintiera cohibida por ser mujer. Sí, todo él era puro músculo y fuerza en potencia, e indudablemente se hallaba en excelente forma física. Pero era arrogante y molesto y, como la mayoría de los hombres, no era de fiar.

Ella se negaba a dejarse intimidar. En realidad, era ridículo, ya que su cuenta bancaria era mucho mayor que la él.

—¿Estás bien? —preguntó Rick.

Su voz era profunda y potente como el chocolate a la taza que a ella le gustaría estarse tomando. Hacía un día de abril sorprendentemente húmedo y frío en los Estudios Novatus de Los Ángeles. Decenas de personas deambulaban alrededor de ellos en el plató.

—Se acabó el trabajo del día —contestó ella.

—Parece que esta película va a exigir más de lo habitual.

—¿Cómo?

—¿Has hablado con tu mánager?

—No, ¿por qué?

Él miró en la dirección de la caravana de ella.

—Será mejor que lo hagas.

Rick se sacó el móvil del bolsillo y le mostró la pantalla.

Chiara tardó unos segundos en ver con claridad el titular del periódico, pero cuando lo hizo abrió mucho los ojos.

Chiara Feran y su especialista intiman. ¿Es algo más que las alturas lo que hace que sus corazones se aceleren?

«Por favor…», se dijo ella. Un periódico sensacionalista había recogido el chismorreo de la página electrónica y, peor aún, Rick ya lo sabía. Sintió calor en las mejillas. Él no era su especialista. No era nada suyo. De repente se preguntó si no debería haber desactivado la primera noticia en Internet cuando había tenido la oportunidad de desmentirla. Pero se había sentido muy aliviada porque se centraba en una relación inventada en vez de en el verdadero problema: su padre.

Al ver que Rick la miraba divertido, dijo en tono seco:

—Voy a hablar con Odele.

Él la agarró de la barbilla y le acarició la mandíbula con el pulgar, como si tuviera derecho a hacerlo.

—Si me deseas, no hace falta tomar medidas extremas, como inventarse historias para la prensa. ¿Por qué no me lo dices directamente?

Ella le apartó la mano y procuró controlar la furia.

—Estoy segura de que se ha producido un error. ¿Te parece eso suficientemente directo?

Él la miró con ojos divertidos y dijo con arrogancia:

—Mantenme informado.

Además de la posibilidad de que su padre saliera en las noticias, Chiara debía enfrentarse a los rumores de su relación con el último especialista del mundo con el que querría pisar la alfombra roja.

Le dio la espalda a Rick y se fue a toda prisa. Apretó los puños. El corazón le latía desbocado. Los vaqueros y la camiseta rota que llevaba le quedaban muy ajustados, como era requisito en una película de acción, por lo que sabía que Rick estaría disfrutando del panorama mientras ella se marchaba.

Entró en la caravana y dio un portazo. Odele se hallaba sentada a una mesita. La mujer, bastante mayor que Chiara, alzó la cabeza y le dirigió una cálida mirada por encima de las gafas. Chiara había aprendido, durante sus años con su mánager, que nada la alteraba.

Se llevó la mano a la frente.

—Hace una hora me he tomado una pastilla para el dolor de cabeza, pero ese hombre sigue en ella.

—Los problemas con los hombres llevan décadas desafiando la farmacología, cariño —contestó Odele con voz ronca.

Chiara le contó los rumores que circulaban sobre Rick y ella, y cómo había reaccionado él.

—¡Se cree que es un regalo del cielo para las actrices!

—Necesitas un novio —afirmó Odele en tono críptico.

Durante unos segundos, el cerebro de Chiara trató de procesar lo que Odele le acababa de decir.

—¿Qué?

Era una actriz a la que pagaban por aparecer fotografiada con una determinada marca de bolso o de zapatos. Miró la madera reluciente y las encimeras de mármol de la caravana. Tenía mucho más de lo que necesitaba. No deseaba nada; sobre todo, no deseaba tener novio.

Era cierto que llevaba mucho tiempo sin salir con nadie, lo cual no quería decir que no pudiera hacerlo. Pero no le apetecía. Los novios suponían trabajo y los hombres causaban problemas.

—Tenemos que conseguirte un novio —insistió Odele.

Chiara se rio con desdén.

—Se me ocurren muchas cosas que me hacen falta, pero un novio no es una de ellas. Necesito un nuevo estilista ahora que Emery se ha marchado. Necesito pasta de dientes. Y necesito unas buenas vacaciones cuando se acabe este rodaje. Pero ¿un novio? No.

—Eres la novia de Estados Unidos. Todos quieren verte feliz.

—Te refieres a que quieren verme avanzar hacia el matrimonio y los hijos.

Odele asintió.

—La vida casi nunca es así de sencilla.

Odele lanzó un profundo suspiro.

—Bueno, pero nosotros no tratamos con la realidad, ¿verdad, cariño?, sino aquí en Hollywood, con la ilusión de los sueños.

Chiara se contuvo para no poner los ojos en blanco. Verdaderamente, necesitaba unas vacaciones.

—Por eso te hace falta una relación para que tu nombre vuelva a sonar de manera positiva.

—¿Y cómo voy a conseguirla?

Odele chasqueó los dedos.

—Muy sencillo, tengo al hombre adecuado.

—¿Quién?

—Un especialista al que ya conoces.

Una idea horrorosa surgió en la mente de Chiara.

—Has hecho circular el rumor de que Rick y yo hemos intimado.

¡Por Dios! Había ido a contarle el rumor a su mánager porque esperaba que apagara el fuego mediático sin contemplaciones. Y en lugar de eso había descubierto que Odele era una pirómana que tenía mal gusto en cuestión de hombres.

—Desde luego que lo he hecho. Necesitamos una distracción para que la prensa no se centre en tu padre.

9

Chiara dio un paso hacia delante.

—¿Cómo has podido hacerlo? Y con él —señaló la puerta con el dedo— ni más ni menos.

Odele no se inmutó.

—¿Qué ha dicho él de semejante maniobra?

—Le ha parecido bien.

No era de extrañar que Rick se hubiera mostrado tan…íntimo unos minutos antes. Odele le había hablado de su plan para que fuera su novio. Chiara respiró hondo para controlarse.

—No es mi tipo.

—Es el tipo de cualquier mujer, cariño. Pura golosina.

—No hay nada dulce en él, te lo aseguro —era odioso, irritante y tóxico en todos los sentidos.

—Tal vez no sea dulce, pero muchas de tus admiradoras femeninas se lo comerían.

Chiara levantó los brazos. Una cosa era no desmentir una noticia falsa en Internet, y otra, fingir que era verdad. Y acababa de enterarse de que su propia mánager era quien se la había inventado.

—Vamos, Odele, ¿de verdad esperas que represente una relación para la prensa?

Odele enarcó una ceja.

—¿Por qué no? La competencia hace vídeos sexuales para la prensa.

—Pretendo ser candidata a los premios de la Academia, no a los Razzies.

—Es como si una amiga te hubiera sorprendido en una cita con alguien y lo hubiera divulgado.

—Salvo que las dos sabemos que, en este caso, hay un motivo oculto.

—Siempre lo hay: dinero, sexo…

–¿Es necesario? La competencia ha sobrevivido a aventuras extramatrimoniales, conducción en estado de embriaguez y desagradables disputas por la custodia de los hijos.

–Solo debido a la rapidez de reflejos y la habilidad de los mánagers o publicistas. Y el médico no deja de aconsejarme que mantenga el nivel de estrés al mínimo porque no es bueno para la presión sanguínea.

–Tienes que marcharte de Hollywood.

–Y tú necesitas a un hombre.

–No –y, sobre todo, no a él. No sabía cómo había conseguido caravana propia, a pesar de que no protagonizaba la película. También acudía a la caravana que hacía las veces de gimnasio. Ella no la usaba, pero se había percatado de que él lo hacía.

Odele sacó el móvil y leyó lo que había en la pantalla:

El padre de Chiara Feran envuelto en un escándalo de apuestas ilegales: «Mi hija no quiere verme».

Chiara conocía aquel titular del día anterior. Era una pesadilla de la que se despertaba sin parar. Por eso se había sentido temporalmente aliviada por la absurda historia sobre su romance.

–La única razón por la que llevo veinte años sin verlo es porque es una serpiente mentirosa. ¿Ahora resulta que no solo soy responsable de mi propia imagen, sino también de lo que hace un donante de semen?

En lo que a ella respectaba, la donación de esperma de Michael Feran había sido la principal

11

contribución a la persona que ella era. Ni siquiera el apellido que compartían era auténtico. Se lo habían cambiado en la isla de Ellis, tres generaciones antes. Y había pasado del italiano Ferano a ser Feran, más inglés.

—Debemos promocionar una buena imagen de ti —afirmó Odele en tono solemne.

—¡Me gustaría ahogarlo!

Rick Serenghetti no podía dejar de mirar a Chiara Feran. Sus ojos castaños y su piel suave que contrastaba con el cabello negro la convertían en una doble de Blancanieves.

Un hombre podía volverse imbécil con facilidad ante aquella perfección física. Tenía el rostro completamente simétrico. Sus ojos le incitaban a perderse en su profundidad y su boca rosada pedía a gritos que la besaran. Y, además, tenía un cuerpo fabuloso.

Se hallaban en pleno rodaje en los Estudios Novatus. Ese día, el tiempo era cálido y soleado, a diferencia del día anterior. Con un poco de suerte, la película terminaría de rodarse rápidamente y sin complicaciones. Entonces podría relajarse, ya que en el plató siempre estaba mentalizado para la siguiente escena de acción.

Él estaba de pie en una esquina observando a Chiara, rodeado del equipo de rodaje y de todos aquellos que hacían posible la película: ayudantes, extras, diseñadores de vestuario, diseñadores de efectos especiales y especialistas, o sea, él.

Sabía más de Chiara Feran de lo que ella se imaginaba o le gustaría. Aún no había ganado ningún Oscar, pero a la prensa le encantaba hablar de ella. Sorprendentemente, no había provocado ningún escándalo en Hollywood… salvo el que suponía su padre, el jugador.

Era una pena que Chiara y él no congeniaran, porque ella era valiente. Y la respetaba por eso. No era como el protagonista de la película, al que, según la prensa sensacionalista, le gustaba que le hicieran cortes de cabello de cuatrocientos dólares.

Al mismo tiempo, Chiara era muy femenina. Él recordó el contacto de sus curvas en la escena del helicóptero que habían rodado el día anterior. Ella era suave y estimulante. Y ahora, los medios habían publicado que Chiara y él eran pareja.

—Quiero hablar contigo.

Rick se volvió y vio a la mánager de Chiara. La había visto en el plató ya en los primeros días de rodaje. Alguien del equipo le había confirmado que era Odele Wittnauer.

Aparentaba sesenta y pocos años y no se esforzaba en ocultarlos, lo cual la hacía destacar en Hollywood. Tenía el cabello gris y papada.

Rick esbozó una amable sonrisa. Habían intercambiado algunas frases, pero era la primera vez que ella le pedía algo.

—¿Qué se te ofrece?

—Tengo que hacerte una propuesta.

Él no dejó traslucir su sorpresa y bromeó.

—Odele, no creía que te fueras a atrever.

Muchas mujeres se le habían insinuado, pero nunca le había dicho la palabra *propuesta* alguien que se parecía mucho a Madeleine Albright.

–No me refiero a esa clase de propuesta. Quiero que seas pareja de Chiara Feran.

Rick se acarició la barbilla. No se esperaba aquello. Y después sumó dos y dos.

–Has sido tú quien ha puesto en circulación el rumor sobre ella y yo.

–Sí. Hay que alimentar a la bestia de la prensa. Y lo que es más importante, necesitamos que esté distraída para no centrarse en el padre de Chiara.

–El jugador.

–El aprovechado.

–Eres implacable –afirmó él con involuntaria admiración.

–Hay química entre vosotros –dijo Odele cambiando de tema.

–Fuegos artificiales, más bien.

–La prensa se lo tragará: el especialista y la ganadora del concurso de belleza.

Así que Chiara había ganado un concurso de belleza. No debería extrañarle. Su aspecto debilitaría a cualquier hombre, incluido a él, a pesar suyo.

–He visto a los medios devorar a alguien y escupirlo después. Te lo agradezco, pero no.

–Ganarías popularidad en la ciudad.

–Me gusta la intimidad.

–Te pagaría bien.

–No necesito el dinero.

–Entonces, tendré que apelar a tu sentido caballeroso.

–¿Qué quieres decir?

–Verás, Chiara tiene un pequeño problema con un admirador demasiado entusiasta.

–¿Un acosador?

–Es pronto para decirlo, pero ese tipo ha intentado subirse a la verja de su casa.

–¿Sabe dónde vive?

–Vivimos en la era de Internet. La intimidad ha muerto.

Él todavía conservaba retazos, pero no iba a entrar en detalles. Incluso Clark Kent, el *alter ego* de Superman, tenía derecho a poseer algunos secretos.

–De todos modos, no le digas nada a ella de ese admirador. No le gusta hablar de él.

–¿Sabe Chiara que ibas a hablar conmigo?

–Cree que ya lo he hecho.

Rock supuso que Odele y Chiara habían hablado y parecía que Chiara había cambiado de táctica y decidido aprovecharse de la situación. Estaba dispuesta a soportarlo en aras de su carrera. No debería sorprenderlo. Ya había tenido una mala experiencia con una actriz deseosa de publicidad, y él había sido una de sus víctimas.

De todos modos, las cosas se habían puesto muy interesantes.

–Cuando estés dispuesto a hablar, comunícamelo –dijo Odele con los ojos brillantes, como si presintiera que había ganado.

Mientras Rick la vio alejarse se dijo que lo había puesto en un dilema. Desde aquella mala experiencia, tenía por norma no tener relaciones sentimentales con actrices, pero también era galante. Además, Chiara era la protagonista de la última película de él, en la que se jugaba mucho.

El móvil le vibró. Se lo sacó del bolsillo y vio en la pantalla el número de uno de sus socios, uno de los que le servía de pantalla en la empresa, porque él prefería quedarse entre bastidores.

–Hola, Pete, ¿qué pasa?

Rick escuchó el resumen que le hizo Pete de la reunión de esa mañana con un director independiente que buscaba financiación.

–Mándame su propuesta por correo electrónico. Podría ofrecerle hasta cinco millones, pero quiero conocer más detalles.

Cinco millones de dólares eran calderilla en su mundo.

–Tú mandas –contestó Pete alegremente.

Sí, él era el jefe, pero nadie del plató sabía que era el productor de *El orgullo de Pegaso*. Le gustaba el anonimato.

Vio a Chiara a lo lejos, sin duda dirigiéndose a rodar la escena siguiente. Ella lo trataba más como a un ayudante que como a un jefe.

En el rodaje de una película, eran habituales las complicaciones y los retrasos. Y Rick tenía el presentimiento de que Chiara estaba a punto de convertirse en una enorme complicación.

Capítulo Dos

–Hola.

A Chiara se le aceleró el pulso. Su reacción, por inesperada, la molestó. Era una profesional, una actriz de formación clásica antes de haber llegado a Hollywood.

Era cierto que había sido Miss Rhode Island y que había participado en el concurso de Miss América. Pero se sintió atraída por el teatro y estudió en Yale. No era la típica rubia de Hollywood. Para empezar, tenía el cabello negro, por lo que habría necesitado teñirse las raíces cada dos días para intentar parecer rubia. Y ya pasaba tiempo más que suficiente arreglándose.

Suponía que la educación recibida por el especialista habría sido a base de golpes. Tal vez tuviera un par de huesos rotos y, desde luego, muchos cardenales.

Rick se paró frente a ella. No había nadie alrededor. Estaban cerca de las caravanas de los actores, alejados de la acción principal. Por suerte, no se había cruzado con él después de haber hablado con Odele, dos días antes. Había conseguido evitarlo.

Estaba oscureciendo, pero aún lo veía con claridad. Llevaba una camiseta rota, unos vaqueros y el cuerpo pintado para que pareciera sucio y grasiento. Ella llevaba una versión femenina de lo mismo, pero la ropa era mucho más ajustada y se le veía el nacimiento de los senos.

—Así que necesitas un novio —afirmó él sin rodeos.

A ella le habría gustado borrarle la sonrisa de suficiencia.

—No necesito nada. Sería un acuerdo opcional y mutuamente ventajoso.

—Me necesitas.

Ella se puso colorada como un tomate. Lo había dicho como si dijera *me deseas*.

—Me han pedido que haga muchos papeles, pero nunca de semental.

—No te emociones.

—No te preocupes, no lo haré, pero me atraen las mujeres con ojos de gacela y cabello negro.

—Entonces, ¿estás de acuerdo?

—No lo sé. Vamos a besarnos y lo averiguaré.

—Si estuviéramos delante de una cámara, habría llegado el momento de darte una bofetada.

Él la agarró de la muñeca y la atrajo hacia sí.

—¡Esto no es una película ni tú eres actor! —protestó ella.

—Estupendo, porque voy a besarte de verdad. Veamos si podemos resultar convincentes cuando nos observen los periodistas y el público —levantó la otra mano para apartarle el cabello del rostro—. Tu largo cabello me vuelve loco.

—Es mi herencia brasileña e italiana —le espetó ella—. Apuesto que le dices lo mismo a todas las protagonistas.

—No, algunas son rubias.

Y apoyó los labios en los de ella. Si lo hubiera hecho con fuerza, ella habría tenido la oportunidad de rechazarlo. Pero se los presionó suavemente. Olía al humo de los efectos especiales y, cuando le deslizó la lengua dentro de la boca, ella se dio cuenta de que sabía a menta.

La habían besado muchas veces, en la pantalla y fuera de ella, pero se vio arrastrada por aquel beso, suave, lento y potente, con sorprendente rapidez. Rick podría doblar a cualquier gran actor en una escena amorosa. Él le acarició la lengua con la suya y la sorpresa hizo que abriera la boca. Había una regla no escrita por la que los actores no se besaban con lengua, por lo que ella se hallaba en un terreno desconocido. El duro pecho de él se rozó con el de ella, y se le endurecieron los pezones.

«Piensa, Chiara. Recuerda por qué no te cae bien».

Se permitió un segundo más antes de separarse de él.

—Muy bien, la prueba de pantalla se ha terminado.

—¿Cómo lo he hecho? —preguntó él sonriendo.

—Ni siquiera sé cómo te apellidas —contestó ella esquivando la pregunta.

—Te responderé a lo que quieras: cariño, cielo… No tengo preferencias.

—Es evidente, pero preferiría que me dijeras el verdadero, para cuando la policía me pida que describa al sospechoso.

—Soy Rick Serenghetti.

Serenghetti… Era un apellido italiano.

—Mi apellido era originalmente italiano: Ferano.

—Nunca lo hubiera imaginado, Blancanieves —dijo él sonriendo.

—Solían llamarme así, pero no soy apta para el papel —bromeó ella.

—No pasa nada, ya que yo no soy el príncipe azul, sino su doble.

—Esto no va a funcionar —dijo ella, que tenía ganas de gritar.

—Para eso eres actriz. Y, según Odele, has participado en concursos de belleza. ¿Ganaste algún título?

—El de Miss Simpatía.

Él soltó una carcajada.

—No te preguntaré qué habilidad tenías.

—Era ventrílocua. Hacía cantar a una marioneta. También fui Miss Rhode Island —había sido finalista en Miss América, donde había ganado el título anterior.

—Rhode Island en el Estado más pequeño. De todas formas, la competencia debía de ser feroz.

—¿Te burlas de mí? —le examinó el rostro, pero tenía un aire solmene.

—¿Quién, yo? Nunca me burlo de una mujer con la que quiero intimar.

—¡Vaya, qué directo! Ni siquiera te caigo bien.

—¿Y eso qué tiene que ver?

—No tienes vergüenza —estaba acostumbrada a que los hombres quisieran acostarse con cualquiera que tuvieran a la vista. Al fin y al cabo, estaban en Hollywood.

—¿Y funciona lo de no tener vergüenza?

—Nada va a funcionar, salvo que Odele me convenza de que se trata de una buena idea.

—¿Todavía no lo ha hecho?

Chiara tardó unos segundos en percatarse de que no bromeaba.

—Puede que te haya convencido a ti, pero a mí no.

—Yo he aceptado porque creía que tú lo habías hecho.

—Pues yo creía que tú habías aceptado.

Chiara se dio cuenta de que Odele los había engañado a los dos haciéndolos creer que el otro estaba de acuerdo. Rick se había atrevido a besarla porque pensaba que ella iba a seguir el plan de su mánager.

—¿Qué vamos a hacer?

—¿Sobre la histeria de los medios de comunicación? Ya estamos discutiendo como un matrimonio de ancianos. Somos perfectos.

—No irás a decirme que te lo estás pensando seriamente, ¿verdad? De todos modos, se supone que tenemos que comportarnos como dos tortolitos, no como un matrimonio anciano.

—Si ya estamos discutiendo, parecerá que nuestra relación es más profunda de lo que es.

—¿Qué ganas tú con esto? —preguntó ella.

—Divertirme un poco —contestó él encogiéndose de hombros—. Satisfacer mi fetichismo de Blancanieves —añadió mirándola.

Chiara sintió un cosquilleo en todo el cuerpo.

—Ya, seguro… Este va a ser el peor guion de Hollywood.

***

Por segunda vez en pocos días, Chiara entró en la caravana y cerró dando un portazo.

—No voy a fingir que tengo una relación con Rick Serenghetti. Y punto.

Odele alzó la vista de la revista que leía.

—¿Qué le pasa?

Era demasiado grande, demasiado machista, demasiado… todo. Y, sobre todo, muy molesto.

—Lo que me crea problemas en tener que fingir.

—Eres actriz.

—El contexto lo es todo. Quiero actuar solo en la pantalla —en caso contrario, corría el riesgo de perderse a sí misma. Si siempre fingía, ¿quién era?—. Sabes que valoro la integridad.

—Está sobrevalorada.

—Nos has hecho creer a Rick y a mí que el otro ya había accedido a esta locura.

Odele se encogió de hombros.

—Ya eras proclive a la idea.

—¡No voy a aceptar nada!

Su conversación con Rick no había acabado bien. Había hecho que fuera a hablar con su mánager, humillada.

—Muy bien —respondió Odele, con una repentina y sospechosa docilidad—. Tendremos que buscar otra estrategia para distraer a la prensa de tu padre y apuntalar tu carrera.

—Me parece un buen plan.

—Muy bien, pues ya está. ¿Podrías engordar diez kilos?

Chiara suspiró. Había salido de Guatemala para meterse en Guatepeor.

—Preferiría no hacerlo, ¿por qué?

Dos años antes, había engordado trece kilos para un papel. A conseguirlo la había ayudado su amor por la pasta, las salsas y los helados. Pero después había tenido que trabajar durante meses con un entrenador personal para librarse de ellos. Mientras lo hacía, había tenido que llevar ropa ancha y gafas de sol y pasar desapercibida para evitar a los paparazzi. Y la había decepcionado no conseguir ser candidata a los Globos de Oro.

—La última vez que engordé para una película me criticaron duramente —algunos decían que había ganado poco peso; otros, que mucho.

—No es para una película —explicó Odele— sino para un anuncio para perder peso.

Chiara la miró con la boca abierta.

—¡Pero no estoy gorda!

—Podrías estarlo.

—Eres implacable.

—Por eso se me da bien lo que hago. Hay una marca de productos adelgazantes que busca a un famoso para una campaña. Pagarán millones a la persona adecuada. Si consigues ese contrato, tu popularidad aumentará y podrás conseguir otros.

—No —a su mánager solo le interesaban el dinero y la popularidad—. Dentro de poco me propondrás que haga un *reality show*.

—No, eso solo se lo recomiendo a quienes llevan al menos cinco años sin tener un gran papel en el cine, lo que no es tu caso.

Por lo que Chiara le estaría eternamente agradecida. Bastante tenía con ser la protagonista de su propia vida para, además, hacer un programa de televisión sobre ella.

–¿Y si escribes un libro? –preguntó Odele ladeando la cabeza.

–¿Sobre qué?

–¡Sobre cualquier cosa! Dejaremos que lo decida el negro que contratemos.

–No gracias. Si tengo un negro, no seré yo quien lo escriba.

Odele suspiró. De repente, se le iluminó el rostro.

–¿Y un perfume?

–Creo que Dior acaba de elegir un nuevo rostro.

–Así es, pero yo me refiero a que crees tu propio perfume. Lo podríamos llamar a Chiara; o, espera, espera, Chiara Lucida. Es un nombre que sugiere una estrella brillante.

–¿Cuánto vale un Oscar? –preguntó Chiara en broma, porque su idea de convertirse en una gran estrella implicaba ganar una estatuilla dorada.

–Un premio de la Academia es valioso, desde luego, pero tenemos que sacar dinero de todas las fuentes posibles, cariño. Queremos crecer y proteger tu marca.

Chiara suspiró mientras se apoyaba en el armario de madera de nogal que había detrás de ella. Había habido una época en que una estrella de cine era eso: una estrella de cine. Ahora todas se habían convertido en una «marca».

–Mi marca está perfectamente.

Por supuesto –Odele hizo una mínima pausa–. Salvo por el problemilla de que tu padre aparezca en titulares de vez en cuando.

–Ya –¿cómo iba a olvidársele?, ¿cómo iba a hacerlo el resto del mundo, cuando la prensa sensacionalista seguía la historia incansablemente?

—¿Y una marca de estilo de vida como la de Gwyneth Paltrow o Jessica Alba? —propuso Odele.

—Tal vez cuando gane un Oscar o tenga hijos —tanto Alba como Paltrow ya tenían hijos al crear su empresa.

Al pensar en los hijos, a Chiara se le encogió el estómago. Tenía treinta y dos años. En Hollywood tenía fecha de caducidad; además del reloj biológico que continuaba andando y le indicaba que se quedara embarazada. Por desgracia, ambos trenes iban a descarrilar. Para evitar el desastre debía tener una carrera consolidada, un Oscar, antes de ceder al clamor popular de verla casada y con hijos.

Claro que quería tener hijos. El problema era el novio o el marido. Michael Feran había dado un gran ejemplo a su única hija. Al menos, ella creía que era su única hija. Su familia, o lo que quedaba de ella, era muy complicada. Y no había final feliz.

De todos modos, la idea de tener un hijo le produjo una punzada de dolor. Tendría a alguien a quien querer de forma incondicional y que, a su vez, la querría. Evitaría los errores que sus padres habían cometido. Y tendría algo real, un amor puro al que aferrarse en la vorágine de la fama.

—Así que las otras opciones no son muy atractivas —dijo Odele—. Cuando estés dispuesta a considerar ser la pareja de Rick Serenghetti, dímelo.

Chiara miró a su mánager con la sospecha de que, desde el principio, había sabido dónde acabaría la conversación.

—Eres un buitre, Odele.

Esta rio.

—Lo sé. Por eso se me da bien lo que hago.

✳✳✳

–¿Qué te pasa?

Rick pensó que debía mejorar su técnica interpretativa si incluso Jordan le hacía esa pregunta.

–No sé de qué me hablas.

Estaban sentados en la cocina de Rick y este acababa de dar a su hermano una cerveza fría. Siempre que podía aprovechaba la oportunidad de ver a su familia, ya que pasaba buena parte del tiempo fuera. Por suerte, la película que estaba haciendo se rodaba en los Estudios Novatus y en diferentes lugares cerca de Los Ángeles, podía ir a su casa al menos los fines de semana.

–Mamá me ha pedido que viera cómo estabas –dijo Jordan.

–Siempre te lo pide cuando estamos en la misma ciudad, pero para que yo también vea cómo estás.

–Mi vida no ha sido muy interesante últimamente.

Jordan estaba en Los Ángeles porque su equipo, los New England Razors, jugaba contra los Angeles Kings. Él era la estrella del equipo. El menor de los hermanos Serenghetti también parecía un actor de cine, y no dejaba escapar la oportunidad de afirmar que sus padres habían alcanzado la perfección al tercer intento.

A Rick le gustaba el hockey, por lealtad familiar, pero no le apasionaba como a Jordan y a su hermano mayor, Cole, que también había jugado en los Razors hasta que se había lesionado. En la secundaria, Rick había sido boxeador, no capitán del equipo de hockey, como sus hermanos.

La consecuencia era que tenía fama de ser el inconformista de la familia. ¿Y quién era él para discutirlo? En cualquier caso, no se oponía a todo por principio, aunque Chiara pensara lo contrario.

Surgió en su mente la imagen de Chiara Feran. Se había burlado de ella por fingir que eran pareja al creer que ella estaba de acuerdo con la idea. Al fin y al cabo, era bonito y seguro fingir, no relacionarse de verdad con una actriz. Y era divertido hacer enfadar a Chiara.

Siendo más serio, debía reconocer que, como productor, tenía interés en que la estrella de su última película poseyera una imagen pública positiva, a pesar de los problemáticos miembros de su familia; por no hablar de mantenerla a salvo, si de verdad alguien la estaba acosando.

Sin embargo, ser su novio fingido y su guardaespaldas secreto, que era lo que quería Odele, era pedir demasiado. ¿Podría superar los escrúpulos de salir con una celebridad? No estaba seguro. Una vez, ya lo había decepcionado una aspirante a actriz, y había aprendido la lección: no había que interponerse entre una actriz y la cámara.

Hacía mucho tiempo que tenía amigos actores, directores y de otras profesiones relacionadas con el cine. Hal Moldado, un técnico de iluminación, había sido uno de ellos. Un día, Rick conoció a Isabel Lanier, la última novia de Hal. Ella lo había seguido al salir de un café y lo había sorprendido dándole un beso, que fotografió con el móvil y que pronto apareció en las redes sociales. No era de extrañar que aquello acabara con la amistad con Hal. Más tarde llegó a la conclusión de que Isabel solo pretendía poner celoso a Hal y aparecer en los medios para promocionarse como actriz.

Lo bueno fue que los medios no descubrieron quién era el misterioso hombre de la foto de Isabel. O tal vez no les importara. Les bastó con que pareciera que Isabel engañaba a Hal, por lo que Rick consiguió esquivar la histeria mediática.

Desde entonces creía que a las jóvenes actrices aspirantes a estrellas solo les interesaba cultivar su imagen pública. Y hasta ahora, Chiara satisfacía los requisitos, a pesar de que aún no había aceptado la idea de su mánager. Pero había un motivo para que Chiara tuviera a Odele de mánager: sabía lo importante que era la fama y necesitaba a alguien que la cultivara.

Pero Odele había subido la apuesta al referirse a un posible acosador, lo cual complicaba los cálculos de Rick sobre si involucrarse o no hacerlo. Debería convencer a Chiara de tomar medidas de seguridad, como cualquier persona juiciosa. Pero el buen juicio no estaba en los primeros puestos de la lista de características que él relacionaba con una actriz sedienta de fama.

—¿Estás pensando en una mujer? —preguntó Jordan.

Rick volvió al presente.

—¿No te han dicho que tienes un sexto sentido en lo que se refiere al otro sexo?

Su hermano menor sonrió enigmáticamente.

—Serafina estaría de acuerdo contigo. La prima de Marisa me está volviendo loco.

Su hermano Cole acababa de casarse con el amor de su vida, Marisa Danieli. Los dos se habían peleado en la escuela secundaria, pero habían vuelto a encontrarse. Los parientes de Marisa ahora pertenecían al clan de los Serenghetti, incluida Serafina, la prima menor de Marisa.

Eso no parecía sentarle bien a Jordan.

—Me sorprende —dijo Rick—. Sueles cautivar a cualquier mujer si te lo propones.

—Sera ni siquiera quiere servirme en el Puck & Shoot.

—¿Todavía sigue trabajando allí de camarera por las noches? —Rick había frecuentado ese bar deportivo de Welsdale.

—De vez en cuando.

Rick le dio una palmada en el hombro.

—Así que te ha fallado tu legendaria habilidad con las mujeres. Anímate. Algún día tenía que pasar.

—Me abruma tu forma de apoyarme —dijo Jordan en tono seco.

—Me gustaría que Cole estuviera aquí para ver qué opinaba —dijo Rick riéndose.

—Que conste que no he intentado ligar con Sera. Es como si fuera de la familia, además de que le caigo muy mal y no sé por qué.

—¿Y eso qué importa? No es la primera vez que alguien de la familia te tiene manía. ¿Por qué te disgustas?

—No estoy disgustado —gruñó Jordan—. Pero volvamos a tus problemas con las mujeres.

—A diferencia de ti —dijo Rick sonriendo— yo no tengo esos problemas.

–La prensa indica lo contrario. ¿Quién es la protagonista de tu última película?

–Chiara Feran.

Su hermano asintió.

–Es un bombón.

–Es terreno prohibido.

Jordan enarcó las cejas.

–¿Para mí?

–Para todos.

–¿Ya te sientes posesivo?

–¿De dónde has sacado esa ridícula historia?

–Oye, que sé leer.

–Qué contenta se va a poner mamá cuando se entere de que, por fin, has aprendido.

Jordan mostró sus blanquísimos dientes con una sonrisa. Su belleza le había proporcionado trabajo de modelo de ropa interior, entre otras cosas.

–Hay una página electrónica que afirma que habéis intimado, información que ha recogido de otras páginas.

–Sabes que no hay que creerse todo lo que uno lee –si Jordan ya estaba al corriente de las habladurías, se estaban extendiendo más rápidamente de lo que Rick creía. Sin embargo, no debería extrañarle, dada la fama de Chiara.

–Ya, pero ¿es verdad?

Para ser sinceros, Rick empezaba a no saber lo que era verdad y lo que no, lo cual lo inquietaba.

–No ha pasado nada.

Salvo que se habían dado un beso. Ella sabía a melocotón, un sabor afrutado y delicioso. Enseguida le había surgido la imagen de los dos calentando las sábanas, en la caravana de ella o en la suya.

Algo le decía que ella distaría mucho de ser aburrida en la cama. Estaba llena de pasión, de fuego, y él se calentaba inmediatamente cuando estaba cerca de ella. El problema era que se quemara.

—Así que no ha pasado nada todavía —dijo Jordan examinándole el rostro.

Rick adoptó una expresión anodina.

—Para mí, las mujeres no son una oportunidad, como lo son para ti.

—Solo lo son las mujeres que protagonizan tus películas.

—Eso se acabó —Isabel había sido la protagonista de una de su películas cuando ella los había fotografiado juntos. El hecho de que ambos trabajaran en la misma película, él de doble y productor secreto y ella de actriz protagonista, había dado alas a los rumores.

—Muy bien —afirmó Jordan.

Rick consultó el reloj porque no quería seguir intentando convencer a su hermano ni a sí mismo. Faltaba un cuarto de hora para que tuvieran que irse a cenar al Ink, un restaurante de moda del barrio.

—Acábate la cerveza de una vez.

—Lo que tú digas —contestó Jordan, dispuesto a batirse en retirada.

Los dos dieron un trago de cerveza.

—¿Qué tal este apartamento? —preguntó Jordan.

Lo había alquilado ya amueblado, por lo que tenía la impronta de su personalidad.

—Mi nueva casa está casi terminada. Me mudaré dentro de unas semanas.

Jordan levantó la botella.

–Por que asciendas en el mundo a lo grande –su hermano sonrió–. Invítame a visitarla cuando esté acabada.

–No te preocupes. Le diré al mayordomo que no te ponga de patitas en la calle.

Jordan se echó a reír.

–Soy un imán para las mujeres. Querrás tenerme cerca.

Rick reconoció que su hermano podía tener razón. En aquellos momentos, la única mujer con la que se relacionaba era con Chiara Feran, y ni siquiera era una relación real.

Capítulo Tres

Rick llevaba dos días sin ver a Chiara. Adrian Collins, el protagonista masculino, y ella, estaban rodando, por lo que ese día Rick se hallaba en la caravana que hacía las veces de gimnasio liberándose del exceso de energía.

Hasta aquel momento, la prensa no había desmentido ni confirmado que Chiara y él salieran juntos. Su historia se hallaba en el limbo, lo cual le llenaba de ansiedad. Se preguntó qué se proponía Chiara, pero le daba igual. No iba a llamar la atención emitiendo un comunicado para desmentir la historia. Tampoco era que a la prensa le interesara su opinión porque creía que solo era un especialista. Iban detrás de Chiara.

Después de salir del gimnasio, Rick cruzó el plató. Se tensó automáticamente al acercarse a la caravana de Chiara.

Al doblar la esquina vio que un hombre se peleaba con el pomo de la puerta. El hombre, que se estaba quedando calvo y tenía barriga, mascullaba y sacudía la puerta con fuerza. Rick se le acercó con el ceño fruncido. Esa parte del plató se hallaba desierta.

—Oiga, ¿qué hace?

El hombre lo miró con nerviosismo.

Rick supo instintivamente que algo andaba mal.

–¿Qué hace?

–Soy amigo de Chiara.

–¿Sabe ella que está aquí?

–Estoy intentando verla.

–Esto es un plató. ¿Puede identificarse? –Rick no recordaba haberlo visto antes. Se hallaba a escasos metros de él. El hombre estaba en el primero de los peldaños que conducían a la puerta. Rick vio que le sudaba la frente. ¿Era aquel el acosador al que se había referido Odele?

–Soy su novio.

–Eso es imposible –contestó aquel tipo. Al estar más cerca, Rick se percató de que carecía del glamour de la estrella cinematográfica que se esperaría que saliera con Chiara.

El tipo dio media vuelta, le dio un empujón y pasó a su lado a toda prisa. Rick se tambaleó, pero se agarró a la barandilla de la caravana para mantener el equilibrio.

Cuando el supuesto amigo de Chiara echó a correr, Rick lo persiguió. El hombre se dirigió a la puerta principal de los estudios, donde Rick sabía que los guardias de seguridad lo pararían. No sabía cómo habría entrado: ¿escondido en la parte de atrás de una camioneta, como había hecho algún paparazzi? Aceleró el paso y se lanzó sobre el hombre. Cuando cayeron al suelo, Rick vio por el rabillo del ojo que los guardias de seguridad de la entrada los habían visto.

–Suélteme –dijo el hombre forcejeando–. Lo denunciaré por atacarme.

Rick le retorció el brazo por detrás de la espalda para inmovilizarlo.

—Antes de que se le acuse de entrar sin permiso en una propiedad privada, ¿dónde está su pase?

—Soy el novio de Chiara —gritó el hombre.

Llegaron los dos guardias de seguridad.

—He encontrado a este hombre intentando entrar en la caravana de Chiara Feran.

—Llame a Chiara —dijo su supuesto novio—. Ella se lo dirá.

—Chiara no tiene novio.

Alguien había comenzado a grabarlo todo con el móvil. Estupendo.

—Estamos juntos. ¡Estamos hechos el uno para el otro!

Aquello era de locos. Rick estaba en buena forma física, pero el supuesto novio no era un osito de peluche. Seguía forcejeando.

De pronto, comenzó a respirar con dificultad.

—¡No puedo respirar! ¡Suélteme! ¡Soy asmático!

Rick dejó que uno de los guardias se hiciera cargo de él mientras el otro hablaba por radio.

El estudio llamó a la policía, que se llevó al admirador de Chiara, que se llamaba Tod Jeffers, para interrogarlo. Chiara llegó poco después y otro agente la interrogó también.

Antes de que la policía se marchara, Rick se enteró de que al entusiasta admirador de Chiara lo acusarían de haber entrado ilegalmente en una propiedad privada y de acoso. Cuando Rick acabó de hablar con Dan, el director de la película, Chiara se había ido a la caravana. Rick se dirigió hacia allí en busca de respuestas. Entró sin llamar.

Chiara estaba sentada a una mesita con un guion frente a ella.

¿Se lo estaba aprendiendo? Esperaba que estuviera alterada, nerviosa…

Miró a su alrededor. La caravana era de dos pisos y el interior era de madera de nogal. Era más elegante que la suya.

Cuando miró a Chiara, ella ladeó la cabeza y dijo:

—Cuando derribaste a ese tipo, la gente no sabía si estabas llevando a cabo una proeza o ensayando una escena de la película.

—De nada —Rick se apoyó en una encimera y se cruzó de brazos como un policía a punto de interrogarla. Necesitaba respuestas que solo ella podía proporcionarle y las iba a obtener—. Es una suerte que no estuvieras en la caravana cuando llegó aquí.

—Estaba ensayando porque íbamos a rodar una escena difícil. No quiero imaginarme lo que se va a publicar hoy en la prensa —cerró los ojos mientras se estremecía.

Así que estaba más afectada de lo que aparentaba. En realidad, Rick había conseguido eliminar el vídeo de la pelea. La persona que lo había grabado era un familiar de uno de los miembros del equipo que estaba de visita. Pero aunque esas imágenes no se hicieran públicas ni se vendieran a la prensa sensacionalista, los medios se enterarían de lo sucedido por el informe policial y acudirían al juicio de Jeffers. También podía darse el caso de que este decidiera hacer un comunicado público.

—Al menos desviará la atención de las pérdidas recientes de tu padre en la mesa de juego —Rick se preguntó si Chiara se daba cuenta de que había corrido peligro. Había tenido suerte de que aquel hombre no hubiera dado con ella.

Ella abrió los ojos y alzó la cabeza.

—Sí, ¿cómo iba a olvidarme de mi padre?

—Así que te estaban acosando —dijo él con suavidad, ocultando las emociones que sentía. Chiara era delgada y liviana, a pesar de sus bravuconadas. La furia lo invadió al saber que un imbécil la había puesto en peligro.

—Muchos famosos tienen admiradores entusiastas —dijo ella agitando la mano—. Pero mi propiedad está rodeada de una verja y tiene cámaras.

—¿Habías visto a ese Todd Jeffers antes? ¿Qué clase de admirador es?, ¿de los que te escribe cartas bonitas o desagradables?

Ella se encogió de hombros.

—Una vez intentó entrar en mi casa escalando la verja de entrada, pero lo vio un jardinero y lo echó antes de que lo captaran las cámaras de seguridad. No había sabido nada de él desde entonces.

Así que el hombre de aquel día era el mismo que se había presentado en casa de Chiara. Y ella no era consciente del peligro. Rick se esforzó en no perder la paciencia.

—¿Cómo sabes que era Jeffers el que intentó entrar en tu propiedad ese día?

Ella vaciló.

—Me escribió después para decirme que había intentado verme.

—¿Te escribió para informarte de que había intentado entrar sin autorización en tu propiedad? —preguntó Rick con incredulidad—. ¿Has conseguido una orden de alejamiento temporal?

—No, no supone una amenaza física, sino una molestia.

–Que solo haya intentado saltar la verja no significa que se conforme con eso en el futuro.

Chiara alzó la barbilla.

–Probablemente se trate de un hombre solitario y desgraciado. Muchos de los admiradores lo son.

–¿Probablemente? A mí no me gustan las probabilidades. Un asesino en serie normal suele empezar torturando animales para pasar después a cosas mayores. Se produce una escalada.

–¿Como las estrellas de cine que comenzaron actuando en películas de serie B?

–Escucha, Blancanieves, en el mundo hay personas malvadas, además de la madrastra del cuento.

Rick se pasó la mano por el cabello. Entendía por qué aquel hombre estaba perdidamente enamorado de Chiara. Por desgracia, ella no parecía darse cuenta de la gravedad del problema. Eran como dos trenes avanzando en vías paralelas.

–Te está acosando, así que es hora de que te eches novio: yo.

Había estado reflexionando. Si fingía ser novio de Chiara, podría estar cerca de ella y vigilarla. Tal vez cuando aquel hombre se percatara de que ella tenía novio, la dejara en paz. Era posible que la idea de Odele fuese buena.

–Tu campo no es el de la protección.

–Pues me apunto ahora mismo. Además, tengo la formación necesaria porque antes trabajaba de guardia de seguridad –lo había hecho en una oficina mientras estaba en la universidad, y también después, para ganar un dinero extra. Y se le daba bien. Sus padres habían inculcado a sus hijos el valor del trabajo, a pesar de que eran ricos.

Chiara se levantó. En un espacio tan reducido como aquel, estaban muy juntos.

—No puedes decidir unilateralmente ser mi protector. No lo consentiré.

—Solucionarías dos problemas a la vez: la mala prensa de tu padre y el hecho de ser acosada y necesitar medidas de seguridad.

—Conseguiré una orden de alejamiento.

—Eso desde luego —dijo él dando un paso hacia delante.

—Así que no te necesito.

—Necesitas protección física, a no ser que tengas a los siete enanitos deambulando por la casa. Una orden de alejamiento solo es un papel —una orden de alejamiento podía no obedecerse y, en consecuencia, que alguien resultara herido o asesinado.

—Contrataré a profesionales.

—Eso seguirá sin resolver el problema de tu padre y de distraer a la prensa.

Chiara levantó las manos.

—No te preocupes —prosiguió él—. Siempre iré un paso por detrás de ti, como un buen príncipe consorte… como un guardaespaldas, quiero decir.

—Muy gracioso.

—Te sostendré el paraguas cuando llueva —añadió él solemnemente.

—¿Qué ganas tú con todo esto?

—Digamos que me interesa que la protagonista de mi próximo éxito de taquilla esté a salvo hasta el final del rodaje. Todos los que trabajamos en la película queremos que se acabe de rodar para que nos paguen.

—Mi respuesta sigue siendo negativa.

–¿Te opones a todo por sistema o ese es tu lado bueno?

–¿Cómo puedes decir eso de la damisela en apuros a la que has salvado del helicóptero? –preguntó ella con dulzura.

–Justamente.

Estaban cara a cara y sus narices no se tocaban porque ella era más baja que él. Pero ella alzó la cabeza con obstinación, y él se olvidó de sus buenas intenciones de controlarse durante aquella conversación. La atrajo hacia sí y le atrapó la boca.

Era tan agradable como la vez anterior. La besó con intensidad, abriéndole la boca y haciendo más profundo el beso.

Ella olía levemente a madreselva, como debería hacerlo Blancanieves. Le acarició la mejilla con el dorso de la mano. Fue como acariciar un pétalo de rosa. Se estaba excitando mucho.

Al cabo de lo que le pareció una eternidad, ella lo empujó.

Chiara respiraba pesadamente y él jadeaba a causa de la excitación.

Ella se llevó los dedos a los labios y lo fulminó con la mirada.

–Es la segunda vez.

–¿Vamos mejorando? Tenemos que ser convincentes para que nos crean.

–No estamos ensayando una escena, pero, si lo estuviéramos, ¿qué te parece esta? –estiró el brazo para señalarle la puerta de la caravana.

Fue como si le hubiera dado una bofetada, pero Chiara se equivocaba si creía que él iba a dar marcha atrás.

—Comunícame cuándo tenemos que rodar la próxima escena. Puede que sea el momento de tirar un plato o romper algo, pero de verdad, sin fingir.

Dicho lo cual, Rick se dirigió a la puerta casi riéndose al oír que ella golpeaba algo detrás de él.

—No quiere medidas de seguridad extras —Rick se pasó la mano por el cabello—. Es obstinada.

Odele asintió.

—Soy su mánager, ¿no voy a saberlo?

—Y es una insensata, también —estaban sentados en la cantina de los Estudios Novato tomándose un café. Rick le había pedido que se vieran y que no se lo dijera a Chiara—. ¿Cuánto tiempo lleva ese tipo acosándola porque piensa que es un amigo especial o su novio?

—Varios meses. Hice que revisaran los correos electrónicos que envían los admiradores a Chiara, después de que ese hombre se presentara en su casa. Le había mandado un par de correos. Y ha creado un club de fans para pedir fotos firmadas.

—Y ahora cree que es su novio.

Odele suspiró.

Rick se apoyó en el respaldo de la silla.

—Aparte de intentar saltar la verja de la casa de Chiara, ¿ha intentado algo más?

—No, hasta ayer. Al menos, no que yo sepa —Odele tomó un sorbo de café—. Ya he dado instrucciones al abogado de Chiara para que consiga una orden de alejamiento.

—Ambos sabemos que solo es un papel, pero ella no quiere plantearse adoptar otras medidas de seguridad. Ni siquiera quiere que la ayude yo —Rick no ocultaba la frustración que sentía. Pero ¿a quién quería engañar? Chiara se resistiría, sobre todo si se trataba de él.

—¿Así que estás sopesando la idea de ser un falso novio? Tienes que irte a vivir con ella.

Rick, exasperado, negó con la cabeza. Odele era un buldócer.

—Si ella no quiere una relación fingida ni un guardaespaldas, no aceptará que nadie viva en su casa.

Si Chiara y él vivían bajo el mismo techo, se volverían locos. Él intentaría, por un lado, hacerla razonar; por otro, llevársela a la cama. Y ella… Ella estaría furiosa con él y negaría que existiera atracción entre ambos.

—Es cuestión de cómo se le plantee —dijo Odele—. Si lo que pretendemos es distraer a la prensa haciéndote pasar por su novio, que te vayas a vivir con ella causará más impacto en los medios. Habrá más oportunidades de fotografiaros juntos. Déjame que la convenza yo. No le diré nada sobre que vayas a actuar de guardaespaldas. Pero te aseguro que el interés de la prensa por su padre la afecta mucho.

Rick era de la opinión de que Chiara debería preocuparse mucho más del acosador que de su padre. De todos modos…

—Háblame de Michael Feran.

—No hay mucho que decir. Los padres de Chiara se divorciaron cuando ella era muy joven. Chiara y su madre vivieron en Rhode Island hasta que ella comenzó a trabajar en Hollywood. La madre mu-

42

rió, hace unos años, de una infección después de una enfermedad. Fue algo inesperado para todos.

—Pero su padre sigue haciendo de las suyas.

—El año pasado aceptó dinero de una revista de ínfima categoría para hablar de Chiara.

Rick soltó un improperio.

Odele le lanzó una mirada perspicaz.

—Sí, Chiara se sintió traicionada.

Así que Chiara no se había criado en un cuento de hadas. No era de extrañar que con él se mostrara irritable y que desconfiara de los hombres.

—Hazme caso —dijo Odele—. Sé el buen novio que necesita y vigílala. Pero no le menciones lo de ser su guardaespaldas.

—Un falso novio —«falso» era la palabra decisiva. Rick no estaba seguro de que ni Odele ni él mismo la recordaran.

—Eso es.

«Eso es», se dijo él.

Chiara sacó a Ruby de la caja y se la puso en la rodilla. La muñeca llevaba un vestido de lentejuelas y su rostro y cabello eran los de una corista de Las Vegas.

Habían dejado de rodar el fin de semana, por lo que estaba contenta. Necesitaba estar sola. Tenía los nervios de punta, primero, por su padre; después, por Rick; por último, por el acosador.

Aunque era una hermosa y soleada tarde de sábado, y ella debería estar de excelente humor, no era así. Estaba irritable, inquieta y ansiosa. Desde que el acosador había intentado entrar en su caravana, le estaba costando memorizar el guion. *El orgullo de Pegaso* era una película de acción, por lo que no había muchos diálogos, pero debía aprenderse los que le correspondían...

Llena de frustración, había recurrido a Ruby para relajarse. Hacía meses que no la sacaba, pero el ventrilocuismo la mantenía en contacto con su antigua vida. Y en momentos como aquellos, la ayudaba a enfrentarse a sus preocupaciones.

Chiara miró el rostro de la muñeca.

—¿Qué voy a hacer?

Ruby ladeó la cabeza.

—Debo de estar loca por estar hablando a una muñeca sin público.

—No te sientes tan sola si hablas con alguien —respondió Ruby con su cantarina voz—. Yo me limito a ayudarte a resolver las cosas.

—Creía que para eso estaba Odele.

Ruby agitó la mano.

—Ya sabes lo que piensa Odele. Está de parte de ese hombre guapísimo y, francamente, no sé por qué tú no. Es una delicia.

—Es muy molesto. Lees demasiados cotilleos.

—Tengo que hacerlo porque son sobre ti. Ya es hora de que te enamores de alguien y te lo lleves a la cama. Y Rick... ese cuerpo, ese rostro, esa forma de besar... ¿Tengo que añadir algo más?

—Eres una descarada y te estás portando mal, Ruby.

—Y tú desearías hacerlo. Líate la manta a la cabeza, cielo.

Chiara miró el ordenador portátil que tenía frente a ella.

—Tengo muchas responsabilidades y muchos problemas.

El titular que aparecía en la pantalla del ordenador lo decía todo: *El padre de Chiara Feran expulsado del casino.*

Tal vez ahora que no podía jugar, Michael Feran dejaría de meterse en problemas. Pero Chiara sabía que no sería así.

El público creía que ella llevaba una vida envidiable, a lo cual contribuía la promoción de su imagen que hacía Odele. Pero, en realidad...

Para empezar, no se consideraba una belleza. Desde luego que había heredado buenos genes: un rostro agradable y un rápido metabolismo. Sin embargo, también se veía al margen. La había criado una madre inmigrante y había crecido soportando los duros inviernos de Nueva Inglaterra. Todavía seguiría haciendo teatro de no ser por un capricho del destino y de que Odele se hubiera arriesgado a tomarla de cliente.

Le gustaba la intimidad. Su mejor amiga era una mánager con talento, bocazas y fácil de caricaturizar, y su compañera, una muñeca de madera. Era evidente que Todd Jeffers estaba más loco de lo que ella creía si no había sido capaz de elegir a otra actriz con mejores credenciales a la que acosar. Y ahora se rumoreaba que tenía novio, un musculoso especialista que tenía el aspecto de poder participar en un triatlón.

No había hecho caso de un mensaje que le había mandado Odele, pero sabía que su mánager tenía razón y que la prensa necesitaba una distracción a toda prisa.

Sus abogados iban a ir a juicio para conseguir una orden de alejamiento temporal, por lo que la prensa le dedicaría aún más atención.

Pero ¿Rick Serenghetti?

El móvil le volvió a sonar y esa vez supo que no podía seguir sin contestar.

–Hola, Odele.

–¿Disfrutando de tu tiempo libre?

–Memorizando el guion –entre otras cosas. Miró a Ruby indicándole que no dijera nada.

–Rick tiene que irse a vivir contigo para que vuestra falsa relación resulte creíble.

–No –la negativa se le escapó sin pensar. ¿Rick en su casa? Se acabarían estrangulando mutuamente… si no acababan en la cama.

Odele suspiró.

–Tenemos que actuar deprisa. Voy a decirle a mi secretaria que suba la historia a las redes sociales. Os he hecho una foto a Rick y a ti con el móvil en la que aparecéis hablando a solas en el aparcamiento de los Estudios Novatus.

–Me extrañaría que no lo hubieras hecho.

–Es muy buena. Parece que estáis enfrascados en una conversación íntima –añadió Odele, sin hacer caso del comentario sarcástico.

–¿Parece también que voy a darle una patada en la espinilla?

–Y también he concertado una entrevista de los dos con un periodista de fiar –prosiguió Odele, como si no la hubiera oído.

–No busco un protector. ¿Y has buscado información sobre Rick Screnghetti? Tal vez de quien me tenga que proteger sea de él.

Rick amenazaba su tranquilidad, pero no quería analizar los motivos. Tenía una forma de mirarla que le resultaba molesta... sí, definitivamente molesta.

Había buscado información sobre él en Internet, solo para estar segura de que no tenía un historial delictivo, y no había encontrado nada.

—¿Quién está hablando de guardaespaldas? —preguntó Odele con inocencia—. Esto solo es para que todos crean que sois pareja.

¿Así que Rick se había echado atrás en lo referente a hacerle de guardaespaldas? Lo dudaba.

—No necesita venir a vivir aquí para hacerlo. ¿Qué ha sucedido con lo de empezar a salir juntos?

—Estamos en Hollywood. Los embarazos duran cinco semanas y los bebés llegan después de la boda. Aquí todo va deprisa.

Chiara no se lo iba a discutir.

—¿Tengo que volver a mandarte el último titular sobre tu padre?

—Ya lo he leído. Debería haber adoptado un apellido distinto al empezar la carrera.

—Ya es tarde. Además, los medios de comunicación lo hubieran investigado, y él te seguiría dando problemas.

—Sí, pero nuestra relación parecería menos cercana.

—Pues es hora de distanciarte de él relacionándote con un guapísimo especialista.

—Sé que me voy a arrepentir —masculló Chiara.

—Lo organizaré todo para que él se traslade a fin de mes —dijo Odele.

—¡A la habitación de invitados, Odele!

Capítulo Cuatro

Rick iba a toda velocidad en la moto.

Puesto que se hallaba en un alojamiento temporal, y la mayor parte de sus cosas estaban en un trastero, no tenía mucho que llevar a casa de Chiara. Un taxi dejaría sus maletas en la puerta de la misma poco después de que él llegara esa tarde.

Miró la casa. Era de tamaño modesto para el barrio: tres dormitorios y tres cuartos de baño. Recordaba a un *cottage* inglés, con paredes blancas, un portal con arco y un tejado a dos aguas con una enorme chimenea, además de un exuberante jardín.

Iba a seguir el consejo de Odele de no decir nada a Chiara sobre ser su guardaespaldas. Para ella, solo sería un falso novio que vivía con ella. Sin embargo, no tenía ni idea de cómo la había convencido Odele para que lo dejara mudarse allí.

Chiara apareció en la puerta cuando él ya se había quitado el casco.

—Vas en moto, ¡cómo no!

Él sonrió.

—Por el ruido, creí que se trataba de un terremoto.

Él dirigió la vista a la casa.

—Es bonita. Debería haber adivinado que vivirías en un *cottage* inglés, Blancanieves. Pero ¿dónde está el tejado de paja?

—Es de otro siglo. ¿Dónde vives tú?

—Técnicamente es un piso pequeño del oeste de Hollywood, pero mi corazón siempre está donde se halle una mujer hermosa.

—Eso creía.

Él no entendió lo que quería decir con esa respuesta, pero no pudo evitar seguir provocándola.

—¿Nos besamos para hacer un favor a los paparazzi y sus objetivos de largo alcance?

—No hay ningún fotógrafo.

—¿Cómo lo sabes? Podría haber uno escondido en los arbustos.

Ella echó una ojeada a las maletas.

—Te pondré en la habitación de invitados.

—Ya me relegas al sofá —bromeó él—. ¿Vas a hacer una entrevista sobre nuestra primera discusión?

La temperatura entre ellos había subido unos cuantos grados.

—Muy gracioso, pero hay una buena cama, no un sofá.

—En la que tú no estarás.

Ella lo miró de arriba abajo.

—Utiliza la imaginación. Una relación fingida significa sexo fingido. Pero algo me dice que no tienes problema en dejarte llevar por la fantasía.

—Pero ¿me despertarás con un beso?

Ella lanzó un bufido.

—Eres imposible. No me gustan los cuentos de hadas.

—Es evidente.

—No aparentes estar decepcionado. Tu punto fuerte son las películas de acción, no las comedias románticas.

–Entonces, ¿por qué me siento como si estuviera en medio de un romance?

Ella se dio la vuelta sin contestar.

Rick se contuvo para no sonreír. Iba a ser un día interesante.

Después de haberse instalado en la habitación de invitados, halló a Chiara en la gran cocina de estilo campestre. Había armarios de color beis y encimeras de madera. Olfateó el aire y dijo:

–Hay algo que huele muy bien.

Ella alzó la vista de la cacerola en la que estaba cocinando.

–¿Sorprendido?

–¿De que cocines? Complacido.

–Hay ternera *stroganoff* para cenar.

–Eso sí que me sorprende. Eres una actriz que come.

–Todo consiste en controlar la cantidad.

–Sabe cocinar. Borraré ese detalle de mi lista.

Ella lo miró de reojo.

–¿Qué lista?

–La que me ha dado Odele para los dos, para que nos conozcamos y seamos creíbles como pareja.

Chiara frunció el ceño y después dijo entre dientes:

–Odele no deja nada al azar. Lo siguiente será que quiera que convenzamos a Inmigración de que nuestro matrimonio no es falso, para conseguir la tarjeta de residencia.

–¿Porque tú necesitas una por venir de la tierra de los cuentos de hadas? –casi consiguió hacerla sonreír.

–¿Qué quieres, quiero decir, qué quiere Odele saber?

Rick consultó el móvil.

–¿Qué fue lo primero que te atrajo de mí?

Chiara resopló y dejó caer la cuchara con la que removía.

–Esto no va a funcionar.

–Vamos, tiene que haber algo que puedas contarles a los periodistas.

–¿Odele te pregunta lo mismo sobre mí?

–¿Tú qué crees?

Rick recordó los ensayos y las escenas peligrosas con ella, todos los momentos en los que habían estado cerca el uno del otro y en los que el aire vibraba de energía sexual.

–Supongo que eso es un «sí, me lo ha preguntado».

Rick le sonrió seductoramente.

–Cuando te presentaste al rodaje de nuestra primera escena peligrosa, supe que tendría problemas. Eras hermosa, inteligente y atrevida –se encogió de hombros–. La mujer de mis sueños, la perfecta pareja.

Chiara parpadeó.

Al cabo de unos segundos, él preguntó:

–¿Te parece bien como respuesta en una entrevista?

Ella frunció los labios.

–Perfecta.

Él se fijó en su boca. Invitaba a besarla.

–Estupendo.

Chiara tapó la cacerola y se dirigió a la puerta de la cocina.

—La comida ya está hirviendo. La cena estará lista dentro de media hora.

—Eso te dará tiempo a pensar en tu respuesta a la pregunta de Odele —dijo él. Y habría jurado que ella había mascullado algo para sí.

Pero cuando ella se hubo ido, Rick reconoció que, por mucho que le gustara provocar a Chiara, la broma era a su costa, ya que ella era la mujer de sus sueños. Si no fuera también una actriz sedienta de publicidad…

La ternera *stroganoff* estaba deliciosa. Rick ayudó a Chiara a recoger la mesa y a lavar los platos. Le sorprendió que ella no tuviera ama de llaves. Después de recoger, Chiara se retiró a su habitación a estudiarse el guion.

Rick hizo un rápido recorrido de la casa y el jardín para conocer las medidas de seguridad existentes y los posibles puntos por donde podrían entrar intrusos. Después, sin nada más que hacer, se fue a acostar.

Al pasar frente al dormitorio de Chiara, vio que había luz. Desechó los pensamientos sobre lo que llevaría puesto en la cama y la imagen del cabello cayéndole por los hombros desnudos. De todos modos, en la habitación de invitados, dio unos cuantos puñetazos a la almohada antes de quedarse dormido.

¿Rick?

Él abrió los ojos y vio la silueta en sombras de Chiara en la puerta de la habitación. Sonrió. Parecía que ella también tenía problemas para dormir.

Ella se le acercó y él no hizo ningún intento de ocultar

su excitación. La camiseta de tirantes que ella llevaba ocultaba poco, y los pezones se le marcaban en la tela. Tenía un tipo fantástico. Senos altos, cintura estrecha y caderas suavemente curvadas. Deseaba tocarla.

Se recostó en la almohada y ella se sentó en el borde de la cama y le acarició la erección con la mano.

—¿En qué puedo ayudarte? —preguntó él con voz ronca.

Los ojos de Chiara brillaban a la luz de la luna.

—Creo que ya lo sabes.

Se inclinó hacia él y le rozó los labios son los suyos, mientras sus bonitos senos se aplastaban contra el pecho desnudo de él.

Él le puso la mano en la nuca y la atrajo hacia sí para hacer el beso más profundo. Le introdujo la lengua en la boca desafiando la de ella.

Chiara gimió y se echó sobre él. Se apartó de su boca solo para decir:

—Hazme el amor.

Él no necesitaba otra invitación. La tumbó en la cama, a su lado, y se puso encima de ella, que respondió con la falta de inhibiciones que él esperaba, arqueándose hacia él y rodeándole el cuello con los brazos al tiempo que lo besaba con el mismo ardor que él a ella.

Rick solo pensaba en hundirse en su acogedora calidez y olvidar.

Sería una dulce liberación del deseo que lo había estado consumiendo.

Rick se despertó sobresaltado. No sabía qué le había sacado de sus fantasías, porque la habitación estaba vacía y se hallaba solo en la cama.

Estaba excitado y lleno de frustración.

Lanzó un gemido. Iba a ser una tortura fingir que era el novio de Chiara y ocultar que era su protector.

A la mañana siguiente, Chiara se levantó temprano para ir a los Estudios Novatus. Se puso unos vaqueros y un top de punto. No se arregló, ya que enseguida la maquillarían en los estudios. Era tan temprano que pensó que tendría unos minutos para repasar el guion antes de conducir hasta allí.

Lo que debía hacer era concentrarse. Pero no había dormido bien. Había estado mirando el techo, muy consciente de la presencia de Rick en su casa.

¿Qué la atraía de él?

Era la personificación de la masculinidad y desprendía *sex appeal*. Sus ojos verdes poseían multitud de tonos y los duros rasgos esculpidos de su rostro invitaban a estudiarlos detalladamente mediante el tacto y el sabor.

Una mujer se sentiría protegida y a salvo en sus brazos.

Y ahí estaba el problema. Hacía mucho tiempo que ella había aprendido a no confiar en un hombre, empezando por su padre, que había desaparecido cuando ella era muy pequeña y se había convertido en un adicto al juego y un depravado.

No oía ningún ruido procedente de la habitación de Rick, así que bajó de puntillas la escalera con el guion en la mano.

Al llegar a la cocina, la sorprendió verlo sentado en la terraza contemplando la salida del sol. Iba vestido con unos vaqueros negros y una camiseta marrón. Parecía tranquilo y relajado, sin mostrar la actividad y la energía constantes a que ella estaba acostumbrada.

Como si hubiera percibido su presencia, él se volvió. Se levantó y la saludó con la taza que tenía en la mano.

—Buenos días.

—No te había oído —le espetó ella mientras salía a la terraza.

—Un especialista sabe moverse con sigilo.

Ella lo miró de reojo. Llevaba unos vaqueros que realzaban sus musculosas piernas. La camiseta le cubría el pecho, sin una gota de grasa, y unos bíceps bien definidos. Tenía el físico y el rostro de un actor de cine, salvo porque tenía un aura masculina tosca, nada cuidada.

Ella miró la taza que tenía en la mano.

—Ni siquiera he olido a café.

—No es café, sino una bebida vitamínica.

—Para tu fuerza de superhéroe.

—Por supuesto —él esbozó una sonrisa traviesa—. Te ayuda a tener energía. ¿Has dormido bien?

—Claro. ¿Y tú?

—Desde luego.

La verdad era que ella había estado dando vueltas en la cama casi dos horas. Se preguntaba cómo iba a mantener aquella farsa, sobre todo teniendo en cuenta que Rick disfrutaba provocándola. Y ella se negaba tajantemente a pensar en el beso que le había dado.

—Hay una bonita historia sobre tu padre en las

noticias. Me ha dado tiempo a leer los titulares mientras esperaba a que bajaras.

Chiara maldijo para sí. Debería haberse levantado antes.

—¿Sobre mi padre?

—Sí, ese hombre que tiene el mismo apellido que tú.

—Es lo único que tenemos en común —dijo ella entre dientes—. Tal vez deje de meterse en problemas ahora que le han prohibido la entrada a sus sitios preferidos —los casinos eran la droga favorita de Michael Feran.

—¿Es lo que esperas?

—¿Por qué estamos hablando de esto?

—Supuse que deberíamos hablar del motivo por el que estamos juntos —esbozó una leve sonrisa—. Es lo lógico.

¿Así que quería que siguieran con lo de conocerse? No, gracias.

—No estamos juntos.

—Lo que cuenta es lo que cree la prensa sensacionalista. Y Michael Feran es un tema delicado.

Chiara se dirigió a los armarios de la cocina.

—Porque es un mentiroso y un jugador que hace trampas.

—Debe de ser duro llevar su apellido.

Ella agarró un vaso y le echó agua de la jarra que había en la nevera.

—¿Te bebes ocho vasos diarios?

—¿Tú qué crees? Es bueno para la piel.

—Eres muy disciplinada.

—Tengo que serlo —dijo ella antes de dar un sorbo.

—¿Porque tu padre no lo es?

—No tengo nada que ver con él.

—De acuerdo, tú no eres él.

—Claro que no.

—¿Qué edad tenías cuando se marchó?

—Casi cinco años —contestó ella dejando el vaso—. Pero, incluso cuando estaba en casa, en realidad no estaba. Desparecía durante largos periodos de tiempo porque tocaba el saxo con un grupo. Después lo hizo para siempre, unos días antes de mi quinto cumpleaños.

—Debió de ser duro.

—No, la fiesta de cumpleaños se celebró sin él —ella recordaba la piñata rosa. Su papel principal había sido sonreír en las fotos.

—¿Intentó volver?

—Pasó algunas temporadas con mi madre y conmigo.

—¿Breves?

—Muy breves —sus padres discutían o Michael Feran se marchaba para llevar a cabo alguna de sus empresas.

—De acuerdo —parecía que Rick había llegado a sus propias conclusiones.

—¿Por qué estamos hablando de eso? —repitió ella con voz dura.

—Tengo que conocer la historia para no contradecirte cuando hable.

—Es que no hay nada que contar.

—No es eso lo que cree la prensa.

En eso tenía razón. Y ese era el quid de la cuestión. Sacó pecho y agarró las llaves del coche de la encimera de la cocina. Desayunaría en los estudios.

–Me marcho. Nos vemos en el plató.

–Voy contigo –contestó él con despreocupación–. O mejor dicho, vienes conmigo.

Ella se detuvo y lo miró.

–¿Perdona?

–¿Mi coche o el tuyo?

–¿Tienes un surtido interminable de frases para ligar?

–¿Quieres averiguarlo?

–No.

–Eso creía –dio un sorbo de la taza–. ¿Cómo vamos a ser dos tortolitos si no llegamos juntos?

–Tenemos que ser discretos en el trabajo.

–Pero no para la prensa.

–De todos modos, tú vas en moto.

–Mira fuera. Me han traído el coche esta mañana.

Se había levantado aún más temprano de lo que ella creía. Lo miró con recelo y se acercó a la terraza. Había un Land Rover aparcado frente a la casa.

–Muy bonito.

–Eso creo.

Ella suspiró. Debía elegir bien cuándo enfrentarse a él, y era evidente que no merecía la pena hacerlo por el modo de ir a trabajar.

Rick se le acercó y se detuvo a contemplar el guion que ella había dejado en la encimera el día anterior.

–Es temprano. ¿Quieres repasarlo conmigo?

–No –sobre todo porque había un escena en la que los protagonistas flirteaban.

Rick enarcó una ceja y se encogió de hombros.

–Como quieras, pero la oferta sigue en pie. ¿Qué otra cosa vamos a hacer mientras vivamos juntos? –preguntó con ojos risueños.

–¿Ir a trabajar?

Al cabo de un rato, Rick y ella se detuvieron frente a la puerta de los Estudios Novatus.

Rick bajó la ventanilla del coche para mostrar su identificación al guardia de seguridad y Chiara, como si poseyera un sexto sentido, volvió la cabeza y vio a un hombre en el momento en que les tomaba una foto.

–Odele –masculló al tiempo que volvía a mirar hacia delante.

Era muy probable que su mánager hubiese avisado a un fotógrafo para que captara la llegada de Rick y ella, juntos, a los estudios. Odele estaba dispuesta a que aquella historia se desarrollara según sus deseos.

Rick la miró divertido.

–Esa mujer piensa en todo.

Rick intentaba comportarse del mejor modo posible, pero divertirse era muy tentador.

El salón del primer piso del hotel The Peninsula Beverly Hills era una guarida de poderosos agentes de bolsa, así que suponía que era el lugar perfecto para una entrevista con *WE Magazine,* que deseaba publicar la primicia de la relación de Chiara.

Rick observó la suntuosa merienda que les habían preparado: sándwiches, bollos y pastas. Era Odele quien la había encargado, y era digna de una reina. Nadie la tocaría, desde luego.

No estaban allí para comer, sino por negocios.

Cuando Chiara y él habían llegado a los estudios esa mañana, Odele los había sorprendido con la noticia de que había concertado una entrevista con la prensa ese mismo día. Chiara ya iba a aparecer en la portada de *WE Magazine* para promocionar el inminente estreno de *El orgullo de Pegaso*, pero Odele se las había ingeniado para conseguir que fuera una entrevista conjunta sobre su nueva relación. Chiara y él se habían marchado pronto del trabajo, porque Odele ya había hablado con Dan, el director, sobre la cita. Este no había puesto pegas, ya que se trataba de más publicidad positiva previa al estreno de la película. Todos apostaban que sería un éxito de taquilla.

Rick tuvo que reconocer que Odele no perdía el tiempo. Pero sabía lo que la mánager de Chiara pensaba: era mejor adelantarse a los rumores ofreciendo tu propia versión de la historia antes que nadie. Así que él había estado de acuerdo en hacer la entrevista.

Era una pena que Chiara no quisiera que estuviera allí. Pero Odele había insistido, aduciendo que su presencia haría la relación más creíble. Como había dicho: «Los lectores aspiran el romance. Tocaos mucho». A lo que Chiara había respondido: «Odele, no voy a darme el lote en público en beneficio de los papanatas».

Rick sonrió al recordarlo y Chiara lo miró con desaprobación. Ella le había dicho que su papel debía ser apoyarla. Él creía que podía salvar la distancia entre especialista y príncipe azul con facilidad, pero si ella pensaba que iba a hacerle la pelota a la periodista, podía esperar sentada. Se acomodó en el sofá y puso un brazo en el respaldo, ya que sabía que Chiara se enfadaría por eso.

El sofá se hallaba en un rincón semiprivado. La periodista, Melody Banyon, que aparentaba cuarenta y muchos años, se inclinó hacia delante en el sillón en que estaba sentada.

—¿Fue amor a primera vista?

Con el rabillo del ojo, Rick vio que el codo de Chiara se dirigía hacia él, por si acaso se le ocurría hacer un comentario frívolo. Pero Chiara le sonrió.

—Pues, normalmente, no suelo fijarme en los especialistas que hay en el plató.

—Se podría decir —observó Rick mirando a la entrevistadora— que la mánager de Chiara ha hecho de casamentera. Creía que estábamos hechos el uno para el otro.

Chiara abrió mucho los ojos, pero lo miró con agradecimiento.

—Sí, Odele siempre piensa en lo que es mejor para mí.

Melody sonrió satisfecha.

—Genial.

Los miró alternativamente.

—Creo que os habéis ido a vivir juntos.

—Sí —contestó Rick sin poderlo evitar—. Fue ayer —que era, más o menos, cuando su «relación» había comenzado.

Chiara lo fulminó con la mirada y él la miró con ojos inocentes. Movió el brazo que tenía en el respaldo para apretarle el hombro, antes de inclinarse y besarla en la sien.

—Vaya —dijo Melody como si estuviera degustando una deliciosa historia—. Veo que vais deprisa.

Rick volvió a adoptar la postura anterior y respondió en tono sardónico:

—Ni te lo imaginas.

Sabía que se arriesgaba a despertar la cólera de Chiara y se sorprendió al darse cuenta de que ansiaba volver a enfrentarse a ella. Era evidente que saltaban chispas entre ambos. Y que probablemente lo harían también en el dormitorio.

Miró a Chiara. Era hermosa, con labios rosados y carnosos, cabello negro y una figura como un reloj de arena, sin ser voluptuosa. También tenía talento y era lo bastante dura como para actuar de heroína en una película de acción y no dejar que la sustituyera una especialista en las escenas peligrosas. La respetaba por eso y se sentía muy atraído por ella, aunque sabía que uno no se podía fiar de una actriz famosa.

Era artera. Tenía que serlo para la prensa. Como en aquel momento.

Chiara parecía ser camarada de Melody, como si fueran amigas o conocidas de hacía tiempo. La periodista hizo algunas preguntas sobre la película, que Chiara contestó, en tanto que Rick añadía algunas frases al final.

Él no era la estrella allí, y no servía de nada fingir lo contrario. Desde luego que había contribuido mucho a la película, pero él no sería el motivo de que triunfara, o no, en la taquilla. Chiara era la atracción de *El orgullo de Pegaso*.

Al cabo de unos minutos, Melody cambió de tema para hablar de la Gala de la Esperanza, a beneficio de diversas ONG infantiles, y a la que acudiría medio Hollywood.

—Dame la primicia, Chiara. ¿Qué vas a ponerte?

—Aún no lo he decidido. Hay dos vestidos…

—Dame detalles de los dos.

Rick reprimió un gruñido. En lo que a él respectaba, un vestido era un vestido. No le importaba de qué estaba hecho, si para los adornos se había sacrificado una manada de leones o si el diseñador había utilizado bolsas de basura recicladas. Aunque su hermana pequeña triunfara en la moda, a él le daba igual.

—Uno es azul claro, con un hombro al descubierto, de Elie Saab. El otro es de chifón rojo…

—¡Me encantan los dos! ¿A ti no, Rick?

De no haber sido por la significativa mirada de Chiara, él hubiera contestado que la prefería desnuda.

—No lo sé. ¿No es el azul claro el color de Cenicienta?

Chiara se volvió hacia él y le sonrió, pero no con los ojos.

—Te has equivocado de cuento.

Como Melody parecía no entender, Chiara carraspeó.

—Presta atención la noche de la gala para ver qué vestido llevo.

La periodista detuvo la grabadora.

—¿Cuándo volveré a verte, Chiara? ¿Tal vez en Marmont? Los paparazzi fotografiaron a Leo la semana pasada.

Marmont era un lugar de moda para los famosos. Algunos reservaban una de las habitaciones del hotel para tener intimidad, en tanto que otros iban de fiesta y a mostrarse. Pero Rick prefería emociones más reales que ver a Leonardo DiCaprio.

—Me encantaría, Melody, pero ¿podemos dejarlo para otro momento? El rodaje me deja exhausta, cuando no lo hace Rick.

Melody rio.

—Por supuesto.

Cuando Melody se excusó para ir al servicio, Rick miró a la mujer que lo volvía loco.

—¿Así que te dejo exhausta?

Chiara se puso colorada.

—No me mires así.

—La imagen de los dos en la cama no se me va de la cabeza.

Chiara se removió en el sofá y la falda se le subió.

Él le miró las pantorrillas. Tenía unas piernas espectaculares. Se las había visto cubiertas por vaqueros ajustados en el plató, y con minifalda en una foto que circulaba en Internet. Se las imaginó enlazadas a su cintura mientras él se perdía en el interior de ella…

De repente, le agarró la mano y le acarició el dorso con el pulgar.

—¿Qué haces?

—Acércate más —murmuró él—. Hay un fotógrafo que nos observa al otro lado de la habitación.

—¿Dónde?

—No mires —el se inclinó hacia ella, que entreabrió los labios para tomar aire. Rick la besó.

Cuando ella emitió un sonido, él profundizó el beso. Quería más de ella, ansiaba más, sin importarle dónde estaban. Cuando ella abrió la boca, él avivó la llama de la pasión de ambos al tiempo que tomaba su rostro entre las manos y ella se inclinaba hacia él.

Cuando sus senos le rozaron el brazo, se puso tenso y se reprimió para no acariciárselos en público.

Como si hubiera notado que alguien se acercaba, Chiara se separó de él y murmuró:

—Tenemos que parar.

Rick vio a Melody, que volvía al salón sonriendo de oreja a oreja. Era evidente que los había visto besarse. Odele estaría contenta.

—No debemos hacerlo si vamos a fingir que somos pareja.

—¿No os había dicho que vais muy deprisa? —bromeó la periodista—. Esa hubiera sido una buena foto para la revista.

—Estaríamos encantados de repetirlo.

—No —intervino Chiara, aunque sonrió a la periodista—. Después de la sesión fotográfica de mañana tendrás un montón de buenas fotos para el artículo.

—Por supuesto —dijo Melody mientras se sentaba para recoger sus cosas.

Rick no estaba invitado a la sesión, lo que estaba bien, ya que sería aburrida y duraría horas. De todos modos, incluso Odele había decidido que no se hicieran una foto abrazados.

—¿Has pensado ya en el titular de la portada, Melody? —preguntó Chiara—. ¿O te ha sugerido Odele alguno?

—No, no me ha sugerido ninguno.

–¿Qué te parece?: *Chiara Feran, ¿por fin el verdadero amor?* –propuso Rick.

–Me encanta –contestó Melody–. ¿Qué te parece, Chiara?

Chiara parecía estar a punto de echarlo a patadas de la entrevista. Rick se contuvo para no reír.

Definitivamente, aquella relación, falsa relación, iba a ser una montaña rusa.

Capítulo Cinco

Poco después de que Rick y Chiara llegaran a casa de ella, un lugar que Chiara había considerado su refugio y santuario hasta que Rick se había mudado allí, ella decidió ir al gimnasio a dar salida a su energía. De vez en cuando sentía la necesidad de hacer lo correcto y ejercitarse en beneficio de su carrera, así que se puso un sujetador para hacer deporte y unos pantalones de ciclista.

Había sido un día largo, y se había levantado temprano. En los estudios, la habían maquillado y había rodado algunas escenas. Después, la entrevista con Melody. No la había ayudado que Rick hubiera estado a su lado todo el tiempo. Su cuerpo grande y duro había hecho que el pequeño sofá pareciera estar abarrotado de gente.

Él había disfrutado jugando con ella durante la entrevista. Ella estaba muy nerviosa y se preguntaba si diría algo inconveniente y Melody se daría cuenta de la farsa.

Pero el beso final había sido real. Ella había percibido el deseo y la necesidad de él, bajo el aparente juego, y había reaccionado en consecuencia.

«Debo tener más cuidado», pensó mientras entraba en el gimnasio. Se quedó inmóvil al ver que Rick había tenido la misma idea. La camiseta sin mangas permitía apreciar su excelente forma física.

Ella había visto a una buena cantidad de gente guapa en Hollywood, pero Rick era... impresionante. Tenía unos abdominales de hierro, vello en el pecho y unos músculos tan definidos que parecían esculpidos por un maestro del Renacimiento.

De todos modos, seguía enfadada con él por cómo se había comportado en la entrevista.

Rick alzó la vista y le sonrió con despreocupación.

—¿Te gusta lo que ves?

—Sí —contestó ella poniéndose colorada—. Pero no es nada que no haya visto.

—Sí, pero yo no soy un dibujo.

Ese era el problema.

—¿Vas a hacer ejercicio?

Ah, no, no iban a hacerlo juntos.

—No te necesito de entrenador. Hasta ahora lo he hecho muy bien yo sola.

—Sí, ya se nota.

Ella lo fulminó con la mirada y se dirigió al banco para hacer pesas. Él la siguió y echó una ojeada a las pesas. Levantó una ligera como si fuese una pluma y la puso en la barra.

—¿Se puede saber qué haces? —preguntó ella con los brazos en jarras.

—Ayudarte, pero no tanto como quisiera.

—Ya has hecho más de lo que quiero, así que estamos empatados.

—Solo intento ayudarte a liberarte de la energía y la frustración acumuladas.

Ella se tumbó en el banco mientras él colocaba otra pesa en el otro lado de la barra. Ella flexionó los brazos y la agarró.

–Te he puesto treinta kilos –dijo él retrocediendo–. Es lo adecuado para una mujer de tu tamaño.

Chiara tomó aire y comenzó a levantar la barra. Se centró en la tarea de la misma forma que lo hacía en la actuación.

–Despacio y suavemente –dijo él al cabo de unos minutos–. Así.

Chiara perdió el ritmo al volver a subir y bajar la barra. Se negó a mirar a Rick, que era un maestro de la insinuación sexual o hacía que perdiera el juicio de forma no intencionada.

Apretó los dientes y levantó la barra varias veces más. Al cabo de lo que le pareció una eternidad, en la que se negó a mostrar debilidad alguna, Rick agarró la barra y la dejó en el suelo.

Chiara se centró en regular la respiración, pero el pecho le subía y bajaba a causa del esfuerzo.

Rick se inclinó sobre ella sujetándose con una mano en una pata del banco.

–Buen trabajo.

No se tocaban, pero estaba muy cerca de ella, tanto que podía perderse en el verde de sus ojos. Recordó el último beso…

Él hizo una mueca como si supiera lo que estaba pensando.

–¿Quieres hacerlo otra vez?

Ella fingió no entenderlo.

–No, gracias. Estoy a dieta. Ya sabes que las actrices de Hollywood siempre intentamos perder algún kilo.

–Pues más bien parece que estés ayunando.

Como personaje famoso, Chiara tenía que pensar en su imagen pública, como Odele no cesaba de recordarle, y ella no quería que otro la explotara en su propio beneficio. Por eso, había tenido menos parejas de las que a la prensa le gustaba imaginar. En aquellos momentos, a muchos hombres les intimidaba su estatus. Pero no a Rick, que solo era un especialista solitario, aunque con una autoestima como la de todo un equipo de fútbol.

De todos modos, el deseo zumbaba en su interior. Tuvo un escalofrío. ¿Qué le pasaba con aquel hombre? Él sabía sortear sus defensas. Y, cuando estaban juntos, saltaban chispas.

—¿Lo he hecho bien? —preguntó él con ojos risueños.

—¿El qué?

—Besarte.

—No, muy mal.

—Entonces, tenemos que practicar para los fotógrafos —afirmó él sonriendo.

Esa ya se la sabía Chiara.

—Aquí no hay ninguno.

—Entonces, podemos hacerlo de verdad en vez de de manera fingida —murmuró él fijándose en su boca—. Tienes unos labios carnosos que piden a gritos que los besen.

Chiara inhaló con rapidez. La mareaba ser el centro de atención de Rick. Pero él, en lugar de besarla, la sorprendió acariciándole el costado.

Ella se estremeció. Los pezones se le endurecieron. Ansiaba explorar a Rick como él lo estaba haciendo con ella. Alzó la mano para apartarlo, pero se la puso en el pecho, donde notó el fuerte y regular latido de su corazón.

—Eso está bien. Tócame, hazme sentir.

Ella entreabrió los labios y, esa vez, él tomó su boca. A ella la invadió su masculino aroma.

Él apretó el pecho contra los senos de ella, pero no con todo su peso, ya que seguía agarrado al banco.

Envuelta en su embriagadora proximidad, lo sintió en todo su cuerpo, incluso allí donde no la tocaba.

Él le puso la mano entre los muslos, donde los pantalones eran la única barrera entre el deseo de ambos. La acarició con el pulgar una y otra vez, hasta que ella separó la boca de la suya y lanzó un grito ahogado.

Lo agarró de la muñeca mientras su cuerpo sufría espasmos, aunque su deseo seguía insatisfecho.

Cuando lo miró, la atrapó el brillo de sus ojos. Se sentía vulnerable y expuesta. Sabía que él la deseaba, pero se controlaba mientra respiraba pesadamente.

Recuperó el buen juicio. Aquello era un error.

—Déjame levantarme —dijo con voz ronca.

Él se incorporó y la agarró de la mano para ayudarla a levantarse.

—No deseo que hagamos esto —dijo ella poniéndose de pie. No le gustaba cómo se sentía, que le gustara algo que estaba mal.

—A veces da igual lo que creamos que debemos desear.

Ella no supo qué decir.

—Voy a darme una ducha fría —dijo él con una sonrisa compungida.

Ella casi esperaba que añadiera: «¿Te duchas conmigo?».

Pero no dijo nada, y a ella le resultó más inquietante su seriedad que su espíritu juguetón.

Parece que Chiara Feran y su especialista viven juntos.

Chiara volvió a la caravana, una vez terminada su escena. El rodaje se había trasladado ese día de los estudios al parque Griffith, muy cerca de ellos.

Melody estaría contenta de la entrevista en exclusiva que había conseguido, pero ya habían comenzado a circular en Internet toda clase de chismorreos.

Chiara atribuyó su mal humor a que necesitaba un café… y a un especialista.

La tarde anterior habían estado a punto de tener relaciones sexuales en el banco de hacer pesas de su casa. No quería ni imaginarse lo que Rick podría hacer si seguía allí mucho más tiempo.

Ella había llegado a trabajar a las seis de la mañana, deseosa de evitar a Rick. Ya eran las diez y no había dado señales de vida. Después de lo sucedido en el gimnasio, ella había oído que se duchaba y se marchaba. Aún no había vuelto cuando se fue a la cama, horas más tarde.

Tal vez hubiera conocido a una mujer y se hubiera ido con ella. No era asunto suyo, aunque significara que había pasado de los brazos de ella a los de otra.

Al menos, el rodaje de *El orgullo de Pegaso* acabaría pronto. Por suerte, las escenas en las que ella había estado con Rick, actuando de doble de Adrian, el protagonista, había sido pocas.

Mientras iba mirando al suelo, dobló una esquina y se chocó contra un sólido pecho masculino.

Ahogó un grito.

Pero antes de que pudiera preguntarse si su admirador había vuelto a aparecer por sorpresa, unos fuertes brazos la sujetaron para que no perdiera el equilibrio. Ella alzó la vista y se encontró con los verdes ojos de Rick.

—Tú.

—Para ser dos personas que viven bajo el mismo techo, apenas nos topamos el uno con el otro —dijo él con ironía.

Sus manos aún seguían sujetándola por los antebrazos y su pecho casi la rozaba. El calor que emanaba de él era casi palpable.

—Es una casa grande, y el lugar donde rodamos, aún más —a Chiara le pareció que hablaba como si estuviera sin resuello y lo atribuyó al susto.

Él era irritante, pero no había manera de hacer caso omiso de su presencia. Y ella lo había intentado recurriendo a sus mejores recursos interpretativos.

—¿Me has echado de menos? Creía que, estos días, deberíamos estar unidos por la cadera, como los siameses.

¿Qué podía contestarle? La noche anterior, después de que él se hubiera marchado, había dormido mal. La había dejado satisfecha y anhelante a la vez. Desde luego que había llegado al clímax, pero no se habían unido de manera definitiva, por lo que su cuerpo, horas después, lo deseaba.

Él le levantó la barbilla y le miró los labios.

—Te he echado de menos.

—¿Has echado de menos la boca que no deja de reprenderte?

Él esbozó una sonrisa torcida.

—Seríamos buenos en la cama. Hay mucha energía entre nosotros. Reconócelo.

—¿No reconoces una buena interpretación cuando la ves?

—No interpretabas. Si lo de anoche no fue un orgasmo, me pondré desnudo bajo las letras de Hollywood —indicó con un gesto de la cabeza el icónico monumento que se veía a lo lejos.

—Estamos actuando. Esto es falso. Estamos en un plató.

—Sí —dijo él mirando a su alrededor— pero no veo ninguna cámara rodando en este momento. Que estemos actuando para los medios no implica que no podamos tener un poco de diversión.

A ella no le gustaba la «diversión». Eso se lo dejaba a su padre, que había huido de sus responsabilidades, de su esposa, de su hija, de su hogar…

—¡Cómo me gusta!

Chiara se volvió y vio a Odele.

—¿Os interrumpo? Mejor dicho, espero haberos interrumpido.

—Tiene que irse de mi casa —dijo Chiara.

Odele miró a Rick y luego volvió a mirar a Chiara.

—¿Qué ha pasado? Solo hace dos días que está en tu casa.

—Una rencilla amorosa —bromeó Rick—. No podemos dejar de tocarnos.

Los ojos de Odele brillaron tras las gafas.

—Ahora no podéis dejarlo. La prensa ha informado de que al padre de Chiara lo han echado de un casino de Las Vegas.

Rick miró a Chira enarcando una ceja.

–Además –prosiguió Odele– mañana por la noche hay una gala para recaudar fondos con fines caritativos, y ya he conseguido una entrada para la pareja de Chiara.

–Y no olvidemos que hemos hecho una entrevista en la que hemos dado la exclusiva de que somos pareja –añadió Rick.

–Eres imposible –dijo Chiara.

–Me limito a representar mi papel.

–Tu actuación es digna de un Oscar en una película de serie B.

–Creo que lo estoy haciendo lo mejor que puedo –afirmó Rick con solemnidad.

Ella quiso decirle que eso no bastaba, pero la verdad era que, hasta aquel momento, había estado… impresionante.

–Esto no funciona.

–¿No quieres que esté contigo? –Rick puso cara de sentirse dolido, pero sus ojos reían.

–¡Tengo que hacerlo por obligación!

–Entonces, ¿por qué no lo aprovechas? ¿Quién sabe? Puede que hasta nos divirtamos juntos.

Lo único que le faltaba a Chiara era sentir sus manos sobre ella de nuevo.

–«Divertirse» no es la palabra que se me ocurre. Esto es una locura. ¿Hemos perdido el juicio?

–Ya sabes la respuesta. Me gano la vida colgándome de helicópteros…

–Es evidente que la altura te ha podrido el cerebro.

–… y tú eres una actriz famosa.

–¿Es que ser famosa te parece malo?

Rick se encogió de hombros.

–No me gustan las cámaras. Tal vez sea el síndrome del hermano mediano. Dejo la fama a mis hermanos.

–Pues Odele acaba de hablarnos de la gala de mañana. Y puesto que has firmado para el papel de novio, tendrás que ponerte un esmoquin.

–Seguro que te gustaría más desnudo.

Chiara notó que las mejillas le ardían. Para colmo, su mánager estaba tomando nota de todo.

Miró a Rick con los ojos entrecerrados.

–¿Es ese el atuendo habitual de los especialistas que huyen de la fama?

Él esbozó una sonrisa.

–Si seguimos viviendo juntos mucho más tiempo, lo averiguarás.

Chiara detestaba la despreocupada seguridad en sí mismo que mostraba. Y, lo que era aún peor, probablemente tuviera razón.

Chiara lanzó una mirada furiosa a su mánager, pero Odele le devolvió una beatífica.

–Venía a deciros que os necesitan porque Dan quiere volver a rodar la escena.

A Chiara no le solía entusiasmar repetir tomas, pero en aquel momento lo consideró toda una suerte.

Horas después, durante un periodo de descanso, Rick se hallaba sentado en una silla frente a la caravana que hacía las veces de gimnasio, con las piernas apoyadas en un banco. Estaba consultando el móvil.

Sus correos electrónicos solían tratar de asuntos triviales que le enviaba uno de sus socios, pero ese día había algo más lascivo a lo que dirigir su atención, por cortesía del blog *Celebrity Dish* y de una actriz que ocupaba sus pensamientos más de lo que le gustaría.

Después de su encuentro con Chiara en el gimnasio de su casa la tarde anterior, había hecho lo único posible ante la frustración y la falta de consumación: darse una ducha fría y, después, irse a cenar a un bar deportivo cercano.

Ya que la noticia de que Chiara y él vivían juntos estaba en todas partes, él debía hablar con su familia. Le sonó el móvil y vio que era su hermano Jordan.

—¡Vaya, qué deprisa vas! —dijo su hermano, sin más preámbulos—. Un día niegas que haya nada entre vosotros y al siguiente estáis viviendo juntos.

—Muy gracioso.

—Mamá está haciendo preguntas. ¿Te ha llamado?

—No —Camilla Serenghetti probablemente estaría dudando entre la preocupación y el éxtasis, ante el hecho de que su hijo mediano tuviera una relación seria, que, a poder ser, acabara en boda e hijos.

—Le preocupa que una bruja te haya hechizado con sus artimañas. Le he dicho que no eres lo bastante inocente e ingenuo para resistirte a una mujer hermosa.

–Esa clase de comentarios nunca te han llevado a ningún sitio, Jordan.

–Solo que Cole y tú me llenarais de arañazos y cardenales. Pero siempre volvía a levantarme.

–Evidentemente –dijo Rick en tono seco.

–Mamá tiene intención de ir a la Costa Oeste a rodar uno de sus programas de cocina. Quiere hacer algo distinto e incrementar la audiencia y, si no me equivoco, quiere hacerte una visita.

«No, no», se dijo Rick. Lo único que le faltaba era que su madre desempeñara un papel secundario en el drama con Chiara, aunque seguro que se haría muy amiga de Odele. Eran como dos gotas de agua en una cazuela de pasta hirviendo, como decían los italianos. Al pensarlo se le ocurrió una idea.

–Mamá no puede venir aquí.

–Le preocupa el programa. El canal tiene un nuevo director y quiere causarle buena impresión.

–Muy bien. Iré yo a verla.

Era una idea brillante. Si llevaba a Chiara al programa de su madre, elevaría su audiencia y daría más credibilidad en la prensa a su supuesta relación con Chiara. Al mismo tiempo, la alejaría de su loco admirador.

Era una idea fantástica, inteligente, digna de Odele.

Rick reprimió una sonrisa. A la mánager de Chiara le encantaría.

–¿Hablas en serio? –preguntó su hermano.

–Sí –si iba a participar de aquella farsa, lo haría a lo grande.

Acabó de hablar con Jordan y fue a buscar a su actriz preferida.

Las cosas se habían retrasado en el plató porque a Adrian Collins no le gustaban algunas de sus líneas de diálogo, y se había encerrado en su caravana con un bolígrafo rojo. Rick podría intervenir e ir a leerle la cartilla, pero no quería que nadie se enterara de su verdadero papel en aquella película. Ni siquiera Dan sabía cuánto había invertido en ella.

Además, el enfado de Adrian no era nada comparado con otras cosas que había presenciado en un plató: actores de ambos sexos liándose a patadas, insultándose y llevándose berrinches propios de un niño de dos años mientras se dedicaban a destrozar los decorados.

Tuvo la suerte de encontrar a Chiara a poca distancia de las caravanas. Volvía sola, por un sendero de tierra, probablemente después de haber terminado de rodar una escena.

Tal vez fuera a causa de su deseo sexual no satisfecho, o tal vez por la imagen que ella presentaba, pero, al verla, sufrió una sobrecarga sensorial. Llevaba la ropa de trabajo: una falda estrecha, zapatos de tacón muy alto y una camisa abierta, ya que las escenas que tenía que rodar implicaban que huyera de un edificio oficial. Estaba sexy, pero de forma discreta.

Normalmente no lo dominaba la lujuria, sobre todo en el caso de las actrices, pero Chiara sabía qué botones presionar. No bromeaba al decir que era su tipo. Sus hermanos dirían que le atraían las mujeres que presentaban muchos contrastes: cabello oscuro y piel muy blanca; sentido del humor y pasión; luminosidad y profundidad oculta... Para colmo, Chiara tenía un tipo estupendo, que realzaba aquella indumentaria para la película.

Él llevaba la ropa habitual para rodar escenas peligrosas: una camiseta manchada, una cartuchera cruzándole el pecho y otra colgándole de las caderas con una pistola descargada. Se sentía poco civilizado.

Y el marco era adecuado. Se hallaban en el fondo de un cañón, rodeados de senderos de montaña y cerca de algunas cuevas. Solo la presencia de las letras de Hollywood estropeaba el efecto de naturaleza virgen.

Se propuso hablarle educadamente al acercarse a ella. Gracias a Jordan, había tenido una brillante idea que solucionaría varios problemas a la vez.

—Tengo que pedirte un favor.

Ella lo miró con recelo.

—¿Qué favor?

Él carraspeó.

—Me gustaría que participaras en el programa de cocina de mi madre.

A ella se le desencajó la mandíbula.

—¿Qué?

—Que aparezcas en el programa alimentará los rumores de que somos pareja. ¿No es eso lo que quieres?

—¿Tu madre tiene un programa de cocina?

Él asintió.

—En un canal local de Boston, y se hace cerca de mi ciudad, Welsdale, en Massachusetts: *Sabores de Italia, con Camilla Serenghetti*.

—¿Así que no eres tú el miembro de la familia Serenghetti más famoso? ¡Qué sorpresa!

–Ni de lejos. Me ganan mi madre, mis dos hermanos y mi hermana.

Chiara parecía interesada.

–¿De verdad?

Él asintió.

–¿No ves partidos de hockey?

–¿Por qué lo preguntas?

–Mi hermano pequeño juega en los New England Razors; mi hermano mayor lo hizo durante un tiempo.

Parecía que ella intentaba recordar.

–Jordan y Cole Serenghetti –dijo él.

–¿Y tu hermana es…?

–La pequeña, pero resuelta a no quedarse atrás –Rick sonrió de oreja a oreja–. Es muy feminista.

–Naturalmente. Con tres hermanos mayores, me imagino que tiene que serlo.

–Practicó kárate, pero ahora he canalizado su ira hacia el diseño de moda.

–Vaya. Me gusta.

A él también. ¿Por qué no se le había ocurrido antes? Tenía una forma de conectar con Chiara a la que hasta entonces había estado ciego.

–A Mia le encantaría que llevaras una de sus creaciones.

–Creí que iba a ayudar a tu madre.

–A ambas. Puedes llevar un modelo de Mia en el programa de televisión.

–¡Has pensado en todo!

–En casi todo. Todavía no sé qué hacer con tu entusiasta admirador y el amante de Las Vegas que es tu padre. Dame tiempo.

La tercera cosa de la lista era llevársela a la

cama, pero no iba a decírselo. Se hallaba sexualmente frustrado desde su encuentro truncado en el gimnasio. Se metió las manos en los bolsillos para contener el ansia de tocarla.

—Para mi madre, sería un honor que aparecieras como invitada del programa. El programa va bien, pero el equipo directivo del canal ha cambiado, y mi madre quiere causarle buena impresión.

—Claro. Es una lenta ascensión por la escalera de la fama. Lo entiendo. Pero ¿qué pasará cuando ella y yo aparezcamos juntas en la portada de *WE Magazine*? ¿Aceptarás verte atrapado entre dos famosas mujeres?

—Ya veré lo que hago cuando llegue el momento. Conociendo a mamá, querrá aparecer en la revista con nosotros dos, como un hada madrina.

—Parece todo un carácter.

—No te lo imaginas.

—Esto es una cosa seria. Vas a llevarme a conocer a tu madre.

—En cierto sentido —respondió él. Lo que quería era llevársela a la cama—. La impresionarías aún más si actuaras en una telenovela italiana.

—Pues actué como artista invitada en dos episodios de *Sotto il sole*.

Rick enarcó las cejas.

—Fue antes de hacerme famosa en Estados Unidos —prosiguió ella—. Mi personaje entraba en coma y no la mantenían con vida.

—¿No les gustaba cómo actuabas?

—Sí, pero necesitaban más melodrama. Mi personaje era americano, así que no importaba que no hablara bien en italiano.

—A mi madre le va a encantar —Rick sonrió.

De hecho, creía que a su madre le encantaría todo lo relacionado con Chiara. La ruptura de su relación, que inevitablemente se cernía en el horizonte, la decepcionaría más que el fracaso de una receta. Él tendría que fingir que se había lesionado rodando y atribuir la ruptura con Chiara a que se habían distanciado debido a su profesión.

—¿Y la película? —preguntó Chiara.

—Nos quedan pocos días de rodaje. Después, Dan procederá a montarla. Puedo hablar con Odele para que volemos a Boston cuando hayas acabado de rodar. El programa de mamá puede esperar hasta entonces —no añadió que todavía no había hablado del asunto con su madre, pero estaba seguro de que estaría tan emocionada que movería cielo y tierra para lograr que los productores introdujeran a una estrella de la categoría de Chiara en sus planes.

—¿Dónde nos alojaremos? —preguntó ella.

Rick notó que ella estaba sopesando las opciones. Se encogió de hombros, decidido a mostrar despreocupación para calmar las dudas que tuviera.

—Tengo piso en Welsdale.

—Ah.

—Y tiene una habitación de invitados —aunque esperaba engatusarla para hacer más real su relación en su dormitorio, solo para aumentar la credibilidad de su relación ante la prensa, desde luego.

—Por supuesto.

—Pero no te preocupes —dijo él en tono levemente burlón—. Habrá lujos suficientes para una estrella.

Chiara entrecerró los ojos.

—¿Crees que no puedo prescindir de tantas comodidades?

El silencio de él le dio la respuesta.

—Pues nací y me crie en Rhode Island. Estoy acostumbrada a los inviernos de Nueva Inglaterra.

—Por supuesto, Miss Rhode Island debería visitar los lugares de su infancia.

—Estudié en la Universidad de Brown.

—¿Para codearte con hijos de famosos?

—No, gracias a una beca. Y tú, ¿dónde estudiaste para ser especialista?

Él hizo una mueca.

—En la Universidad de Boston. Es tradición en la familia.

—¿Qué le has contado a tu familia de nosotros?

—Él se encogió de hombros.

—Leen *WE Magazine*.

Chiara puso los ojos en blanco.

—Es decir, creen que somos pareja.

—Mi autoestima no me permitiría otra cosa.

—No me extraña.

Rick oyó un ruido y la tierra tembló levemente.

Chiara lo miró con los ojos como platos.

—¿Lo has notado? —preguntó él.

Ella asintió.

Los terremotos eran frecuentes en el sur de California, pero solo algunos tenían la intensidad suficiente para ser percibidos.

—Puede que lo hayamos percibido porque estamos en el fondo de un cañón —Rick miró a su alrededor y volvió a mirarla con una sonrisa—. Me sorprende que no te hayas lanzado a mis brazos.

—Las actrices somos duras.

Él se contuvo para no reírse.

—Hemos hecho que la tierra tiemble.

—Era un camión que ha pasado haciendo mucho ruido.

—Mi moto suena como un terremoto, ¿y ahora resulta que un terremoto es un camión que pasa haciendo ruido? —se burló él.

—No hemos sido nosotros los que hemos hecho temblar la tierra, por mucha confianza que tengas en tus superpoderes.

Rick se echó a reír y volvió a mirar a su alrededor.

—No parece que este terremoto haya sido muy fuerte, pero tal vez debieras reconsiderar tu postura sobre el hecho de que te desequilibro.

—Tu ego no admitiría lo contrario, ¿verdad?

—Exactamente. Veo que vas aprendiendo —le miró los zapatos, tan poco adecuados para aquel terreno—. ¿Necesitas que te dé la mano o que te lleve en brazos?

Ella alzó la barbilla.

—No, gracias.

Él dudaba que le diera las gracias si le decía que estaba adorable.

—Ya sabes que si pierdes un zapato…

—¿Lo encontrará una rana?

—Algunos somos príncipes disfrazados. ¿No es eso lo que dice el cuento?

—Pues esta princesa se salva ella solita —dijo ella mientras pasaba a su lado, con la cabeza muy alta— ¡y no va a besar más ranas!

Capítulo Seis

Rick aceptó llevar el traje de Armani, pero el límite lo puso en hacerse la manicura. Las uñas se las cuidaba él solo.

En su opinión, los estrenos y las ceremonias de entrega de premios eran una desgracia que había que soportar, lo cual constituía otro motivo de que le gustara pasar desapercibido y llevar una vida tranquila. Esa noche, al menos, era por una buena causa: la Gala de la Esperanza, en beneficio de ONG infantiles.

La gala también era el motivo de que en el cuarto de estar de Chiara hubiera una desbordante actividad. La habitación solía ser un oasis de paz, con grandes ventanales y muebles de madera. No era así en aquel momento.

A Chiara la estaban peinando y pintando las uñas, mientras charlaba con Odele. Un diseñador le había dejado dos vestidos, uno de los cuales tendría que elegir.

Rick pensó que aquello era como realizar una multitarea, algo que se decía que a las mujeres se les daba muy bien, y fatal a hombres como él, cuando la realidad era que los hombres preferían cuidarse las uñas solos.

De repente, Odele miró a Chiara con el ceño fruncido.

—¿Has seguido tu rutina habitual de cuidado de la piel?

—Sí.

Rick estuvo a punto de soltar una carcajada. Para él, una rutina significaba matarse a ejercitarse en el gimnasio para prepararse para las escenas peligrosas de su siguiente película. No se aplicaba a mimarse la piel.

Odele puso los ojos en blanco.

—Me imagino que habrás buscado en los armarios azúcar y aceite de coco, además de yogur, para uno de tus descabellados tratamientos de belleza caseros.

Chiara enarcó las cejas recién depiladas.

—Por supuesto.

Rick examinó sus finas cejas. No sabía que existía algo llamado depilación de hilo ni que se aplicara a las cejas. Era un marciano en el planeta Venus. Pero entendía que, para una actriz como Chiara, cuyo rostro era parte de su trabajo, su buen aspecto lo fuera todo.

Su mirada descendió hasta la boca. El encuentro de ambos en el gimnasio seguía afectándolo. Ella había sido muy receptiva, y si no hubiera detenido lo que estaba sucediendo, él la hubiera poseído en el mismo banco para hacer pesas. Los días anteriores le había costado mantener la cabeza fría. Si no hubiera sido por el trabajo en el plató y porque volvía agotado…

Odele suspiró.

—Eres la pesadilla de mi vida, Chiara. Podrías ser el rostro de una línea de cosméticos y cuidados de la piel. Estás tirando millones por la ventana.

—Mis fórmulas caseras funcionan muy bien.

—¿Fabricas tus propios productos? —preguntó Rick, desconcertado.

Chiara se encogió de hombros.

—Empecé de adolescente, cuando no tenía un centavo, y no he hallado motivo alguno para dejar de hacerlo. Utilizo elementos naturales, como el aguacate.

—Yo también —bromeó Rick—. Pero los ingiero como parte de mi rutina de entrenamiento.

—Puedo probar mi crema en tu rostro. Tal vez te beneficie.

—No, gracias. El jabón es mi mejor amigo.

—No todo el mundo tiene tu cutis, Chiara —intervino Odele—. Ten compasión de todos los que tenemos que recurrir a la cara ayuda profesional.

La peluquera y la manicura se apartaron de Chiara, que se puso de pie, aún envuelta en un albornoz.

—Es hora de vestirme.

Rick sonrió.

—No voy a impedírtelo.

—Te llamaremos cuando te necesitemos —dijo Odele.

—Eso explica más o menos mi papel —contestó él.

Rick salió de la habitación sin que se lo tuvieran que repetir. Aprovechó la media hora siguiente para consultar correos y mensajes en el móvil. Por fin, Odele abrió la puerta y le hizo una seña para que entrara.

Rick lo hizo y se detuvo en seco tragando saliva.

Chiara llevaba un vestido rojo oscuro que le dejaba un hombro al aire, con una abertura a lo largo del muslo. Tenía la cualidad etérea de una princesa de cuento, naturalmente.

—No sé por qué vestido decidirme —dijo ella.

—Ese me parece muy bien. Estás espectacular.

Ella sonrió de oreja a oreja.

—Es de un diseñador brasileño. Quiero darlo a conocer.

Él sabía lo que quería.

Tomarla en brazos y llevársela al dormitorio. Aunque le daba igual que fuera el dormitorio u otro sitio, no quería escandalizar a nadie. Y si Odele se enteraba, inmediatamente llamaría a Melody Banyon, de *WE Magazine*, para decirle que la relación entre Chiara y él iba muy en serio. Daba igual que fuera una farsa.

De todos modos, la noche era joven y la mánager de Chiara no estaría con ellos hasta el final.

Los flases se dispararon a su alrededor. Los paparazzi abarrotaban la alfombra roja de aquel acontecimiento. Chiara esbozó su ensayada sonrisa, cruzó los pies y ladeó la cabeza para ofrecer a los fotógrafos el mejor lado de su rostro.

Su vestido de organza era una elección hermosa y segura para la gala. Llevaba el cabello suelto, y las joyas se limitaban a unos pendientes y una pulsera de diamantes.

La Gala de la Esperanza se celebraba en el Beverly Hilton Hotel, donde también se llevaba a cabo la entrega de los Globos de Oro y otros importantes acontecimientos de Hollywood. Pronto,

Rick y ella estarían en su interior, con decenas de otros actores y gente famosa.

Rick le había puesto la mano al final de la espalda, en beneficio de las cámaras, desde luego, aunque la razón no importaba. La hacía ser consciente de su feminidad. Nunca se había sentido tan en sintonía con un hombre.

A pesar de la presencia de muchos actores famosos, Chiara observó que algunas mujeres se quedaban mirando a Rick llenas de curiosidad e interés. Tenía un *sex appeal* descarado y muy masculino.

Chiara se contuvo para que su mente no siguiera divagando, ya que decenas de ojos estaban fijos en ellos. Además de los flases constantes, los periodistas gritaban.

–¡Mira aquí, Chiara!

–¿Quién es tu nuevo acompañante, Chiara?

–¿Qué nos dices del vestido?

–¿Quién es el hombre misterioso?

Ella esbozó una sonrisa.

–Nos conocimos en el plató de *El orgullo de Pegaso*.

–¿Es cierto que es un especialista?

Chiara miró a Rick, que se la quedó mirando. Ella estuvo a punto de creer que se hallaba verdaderamente arrobado.

–No sé –murmuró–. ¿Podrías realizar alguna proeza, cariño?

–En la alfombra roja, no. Tal vez debería practicar –contestó él sonriendo.

En opinión de Chiara, él lo estaba haciendo muy bien. Era muy creíble en su papel de novio.

Sabía lo que los titulares dirían: *Chiara Feran aparece con un nuevo acompañante*. Aunque ambos habían hecho la entrevista para *WE Magazine*, todos los medios deseaban tener su propia historia.

Chiara sonrió unos segundos más y tomó a Rick de la mano para apartarse de los focos y que otro famoso ocupara su lugar. Ella sabía cómo funcionaba aquello.

Entraron en el Hilton, donde reinaba la cordura, en comparación con la presencia de paparazzi y admiradores del exterior. Siguieron a la multitud al salón de baile. Por suerte, ella no se cruzó con nadie a quien conociera bien. No estaba segura de poder seguir hablando de Rick.

Al llegar a su mesa, suspiró aliviada. Todo bien, de momento.

—¡Rick, cielo!

Chiara se volvió y vio a una actriz a quien conocía de vista y cuyo nombre había oído varias veces: Isabel Lanier.

—¡Hace siglos que no te veo! —exclamó Isabel, dirigiéndose a Rick, pero mirando a Chiara—. Y tú debes de ser el otro elemento de la pareja, según me han dicho.

—Isabel, te presento a…

—Chiara Feran —Chiara acabó la frase por él.

Chiara examinó a la otra mujer. Isabel Lanier era famosa en Hollywood, y no había suficiente bótox en Los Ángeles para embellecerla. Se había acostado con algunos directores para conseguir papeles secundarios. Había roto el matrimonio de un actor protagonista al tener una aventura con él durante el rodaje. Y su nombre se había mencionado en un juicio por impago de alquiler de una casa en Hollywood Hills.

Isabel la examinó a su vez, antes de mirar a Rick y decirle:

—Me alegro de que hayas seguido adelante, cielo. Y con otra actriz. Sin rencores, ¿eh?

Rick parecía tenso, pero Chiara no sabía si se lo estaba imaginando.

—Querría hablarte de… —dijo Isabel.

—Ha siso un sorpresa verte, Isabel. Me alegro de que estés bien.

La despedida de Rick había sido educada pero inconfundible.

Chiara se preguntó por la relación pasada de él con Isabel. Le provocó un sentimiento negativo, aunque no celos, desde luego. ¿En qué había estado pensando Rick? ¿Con Isabel? ¿En serio? Su reputación la seguía a todas partes.

Isabel los miró y asintió, como si hubiera llegado a una conclusión.

—Tengo que volver con mi acompañante.

—¿Hal? —preguntó Rick en tono sardónico.

Isabel echó la cabeza hacia atrás y esbozó una sonrisa excesivamente deslumbrante.

—Ya te imaginarás que no, cielo —le mostró la mano donde brillaba un anillo—. Pero esta vez he encontrado a uno para siempre.

—Enhorabuena.

Isabel siguió sonriendo, pero no con los ojos.

—Gracias.

Cuando Isabel se fue, Chiara se volvió hacia Rick.

—¿Puedo preguntarte?

–¿Acaso podrías evitarlo?

–¿Sales con todas las actrices con las que trabajas?

–En el caso de Isabel, fue más bien ella la que intentó emparejarse conmigo. Resultó que equivocadamente.

Chiara enarcó las cejas.

–Isabel es el motivo de que no me relaciones con actrices jóvenes. Causan problemas.

–Son los hombres los que los causan.

–Por fin, un tema en el que estamos de acuerdo: el sexo opuesto causa problemas –bromeó él.

–Me parece extraño que eligieras a Isabel Lanier.

Chiara no estaba en absoluto celosa. Paradójicamente, eran sus acompañantes los que debían enfrentarse a sus entusiasmados admiradores. Ahora la situación era la contraria, más o menos.

–¿Te sientes posesiva? –preguntó él.

–No seas tonto.

–No es propio de ti ponerte posesiva, pero me gusta.

–Entonces, ¿qué relación tuviste con Isabel Lanier? –insistió ella.

–Isabel se montó una obra de teatro conmigo ante unos fotógrafos. Por desgracia, el que por entonces era su novio también era amigo mío. Nuestra amistad terminó.

–¿Por qué lo hizo?

–Por ganar fama, una imagen pública, para poner celoso a Hal… ¿Nos sentamos? –propuso él.

Ella siguió insistiendo.

–Si fueras más famoso, los organizadores se

hubieran asegurado de que no vieras a Isabel y de que estuvierais sentados en extremos opuestos del salón.

—Por suerte, no soy famoso —contestó él, mientras se sentaban.

Mientras Rick hacía señas a un camarero, Chiara mandó un mensaje a Odele para que evitara que volvieran a ver a aquella víbora.

La velada transcurrió rápidamente y sin sobresaltos. El maestro de ceremonias era un famoso comediante que consiguió hacer reír a los invitados, mientras cenaban paté de salmón, caviar y solomillo y bebían oporto helado.

Chiara y Rick volvieron a casa. Ninguna de las parejas de ella había vivido en su casa, por lo que siempre se había despedido de ellos al acabar la velada. Pero no esa vez, lo cual le resultaba incómodo.

Cuando entraron en el vestíbulo, Chiara miró a Rick. Recordó que era ella la que tenía la sartén por el mango, ya que la famosa era ella y aquella casa era suya. Y él, a todos los efectos, era su empleado, gracias a Odele.

De todos modos, todo eso le servía de poco al enfrentarse a su abrumadora masculinidad.

Era alto y ancho de hombros, y ella llevaba toda la noche intentando no prestar atención a cómo le sentaba el esmoquin. Incluso le sorprendía que tuviera uno.

—Supongo —dijo él— que ahora es cuando te doy un beso de buenas noches, pero el caso es que me alojo aquí —la miró con deliberada lentitud.

De repente, ella notó que le faltaba el aire. No

habían estado tan cerca desde su encuentro en el gimnasio, y ella se había jurado que aquella experiencia no volvería a repetirse.

Pero el recuerdo de la facilidad con la que él la había excitado y la había llevado al clímax la confundió y anuló sus escrúpulos.

—Ayudaría a la credibilidad —susurró él inclinando la cabeza.

Si él la besaba, si la excitaba, si se convertían en amantes…

Él le miro el vestido y ella sintió su mirada en todas partes: los senos, las caderas y más abajo.

—¿Necesitas que te ayude con el vestido? —murmuró él—. No están ni Odele ni el diseñador ni su ayudante.

Bien lo sabía ella. Estaban solos, rodeados por la tranquilidad y el silencio de la casa vacía. La única iluminación provenía de la tenue luz que ella dejaba encendida en el vestíbulo.

Chiara carraspeó.

—Esta noche lo has hecho muy bien, para ser un especialista agorafóbico.

—¿No es este el momento en la película de una escena de amor? —se burló él.

—Esto no es una película y no somos…

—Actores. Ya lo sé.

La tomó de la mano y la atrajo hacia sí, sonriendo.

—Eso es lo que hará que sea estupendo: no fingir.

Ella tragó saliva.

—No sé cómo no fingir —dijo ella con total sinceridad, sin poder evitarlo.

–Limítate a sentir. Haz caso a tu instinto –le puso las manos en los hombros y se los masajeó–. Relájate. Los especialistas no somos tan malos.

–¿Eres tú el peor del gremio? –preguntó ella con voz ronca.

–¿Quieres saber si soy el lobo feroz?

–Lo siento, pero te has vuelto a equivocar de cuento.

Ella notaba la energía que emanaba de él a través de sus manos. Estaba en sintonía con todo lo referente a él. Como actriz, se hallaba entrenada para observar la menor señal facial, la inflexión de voz más sutil, la intención que escondía una caricia. Pero con Rick le parecía poseer un sexto sentido para las sensaciones.

Levantó lentamente la barbilla y lo miró a los ojos. Él le examinó el rostro y se fijó en su boca, que rozó con sus labios.

Ella suspiró y la abrió para él, acariciándole la lengua con la suya al tiempo que le rodeaba el cuello con los brazos. Ella reconoció que necesitaba aquello y, al menos esa noche, no hallaba motivo alguno para negárselo a sí misma.

Él le puso las manos en la cintura y ella notó la presión de su excitación. Él la besó con mayor profundidad y ella lo imitó. Soltó el bolso que llevaba en la mano, que cayó al suelo con un ruido sordo.

Él se separó de su boca para ir ascendiendo con la boca por su mandíbula hasta llegar a la sien.

–Rick…

–Chiara.

–Yo…

96

–No es momento de que inicies una de tus discusiones.

–¿Sobre qué?

–Sobre cualquier cosa.

Le acarició un lado del cuello con la nariz y ella ladeó la cabeza para facilitárselo. Le agarró de los bíceps para sostenerse, y los músculos bajo sus dedos le recordaron su excelente forma física. Y ahora estaba listo para unirse a ella.

Él bajó la mano hasta posarla en su muslo desnudo. Ella sintió la caricia de sus dedos levemente encallecidos.

Él le besó la oreja y susurró:

–Este vestido lleva toda la noche volviéndome loco. La abertura comienza tan arriba, y tu pierna aparece y desaparece sin parar, por lo que cada vez me preguntaba si conseguiría verte...

Ella soltó una risa ronca.

–No corro esa clase de riesgos.

La mano de él se deslizó por debajo de la abertura hasta llegar al centro de su feminidad.

–¿Ah, no? Pues quiero que conmigo corras toda clase de aventuras. Déjame que te lo enseñe, cariño.

Chiara cerró los ojos y echó la cabeza hacia atrás mientras Rick le introducía el dedo y la acariciaba a la vez con el pulgar. Ella entreabrió los labios. Lo único que deseaba era desnudarse y dejar que la poseyera contra la pared del vestíbulo, que la embistiera hasta hacerla llorar de júbilo mientras sus piernas lo enlazaban y lo abrazaba.

–Ah, Chiara –dijo él con voz ronca de deseo mientras le besaba y mordisqueaba la mandíbula–. Estás muy caliente. No hay nada frío en ti.

97

Sus palabras la envolvieron como una cálida caricia. Llevaba toda la vida esforzándose en defender los muros que la protegían y, sobre todo, en ser independiente y triunfar. Pero, con Rick, sus defensas se desmoronaban y las sustituía un intenso deseo.

Con la mano que él tenía libre, le agarró un seno, que masajeó. A ella se le endurecieron los pezones y soltó un gemido.

–Tenía que haberme quedado antes contigo para saber cómo te has puesto el vestido y cómo quitártelo –murmuró él.

Ella rio, pero el sonido de un móvil los interrumpió.

Chiara tardó unos segundos en aclarar sus pensamientos y orientarse. Y se sonrojó. Rick y ella habían pasado de cero a cien en cuestión de minutos, y si seguían más tiempo…

Mientras el móvil de ella seguía sonando dentro del bolso, que se hallaba en el suelo, se separó de él, que bajó las manos y retrocedió.

–No tienes que contestar.

–Es Odele. Lo sé por el tono de llamada –se agachó a recoger el bolso, pero Rick fue más rápido.

–No tienes que contestar –repitió él en un tono que denotaba frustración.

Sofocada y excitada, Chiara trató de pensar con claridad.

–Está acostumbrada a que le conteste cuando me llama. Tengo que responder. Y tengo que subir a mi habitación.

–Por supuesto –afirmó él con expresión sardónica mientra se pasaba la mano por el cabello–. Supongo que me tendré que dar otra ducha fría.

Chiara le dio la espalda y contestó.

–Hola, Odele.

–Hola, ¿cómo estás? ¿Te lo has pasado bien?

–Claro –contestó Chiara mientras subía las escaleras a toda prisa–. ¿Qué querías?

–Responder a tu petición.

Durante unos segundos, Chiara no la entendió, pero, después, recordó el mensaje que le había mandado a Odele esa noche.

–Por lo que he visto en la televisión, Rick y tú habéis hecho un trabajo excelente en vuestra primera aparición en público. Pero al recibir tu mensaje para que Isabel Lanier y vosotros estéis separados en futuros acontecimientos sociales, quería saber si ha pasado algo.

Chiara no supo si sentirse aliviada o frustrada. De no ser por la inoportuna, o más bien muy oportuna, llamada de Odele, estaría a punto de invitar a Rick a subir con ella a su habitación. Un error que habría lamentado.

–Que sepas que te entiendo –prosiguió Odele–. Isabel Lanier apesta a perfume; su mánager es aún peor.

Chiara esbozó una débil sonrisa. Odele intentaba competir hasta con la elegante mánager de Isabel.

–Bueno, ¿vas a contarme lo que pasa o debo adivinarlo? Tengo mis fuentes, ya lo sabes.

Chiara bajó la voz, a pesar de que ya había llegado a su habitación y encendido la luz.

–Rick e Isabel estuvieron juntos en algún momento.

–¿En serio?

–Bueno, en realidad no –Chiara dejó el bolso en el tocador–. Más bien, ella se le echó encima para obtener publicidad, lo cual hizo que terminara la amistad de Rick con el que entonces era novio de ella.

–Vaya, sabía que su mánager era astuta.

–Los de una misma clase se reconocen, Odele.

–Vale, de acuerdo –respondió su mánager de mal humor–. Ahora que tengo los detalles, los tendré en cuenta para futuros acontecimientos a los que debáis acudir.

–Eres un encanto, Odele.

–No sigas. Soy una barracuda en una ciudad infestada de tiburones.

Una vez terminada la llamada, Chiara suspiró. La conversación le había devuelto la cordura. No podía tener una aventura con Rick. ¡Por Dios, si ni siquiera le gustaba! No podía gustarle.

Lo malo era que cada vez le resultaba más difícil recordar por qué.

Capítulo Siete

Welsdale era una pintoresca ciudad de Nueva Inglaterra de edificios de ladrillo en las calles principales y coloridas casas en las secundarias.

A Chiara le resultaba increíble estar allí. A Odele le había encantado la idea de Rick de que apareciera en el programa de cocina de su madre. Antes de que Chiara tuviera tiempo de respirar, Rick y ella habían tomado un vuelo a primera hora de la mañana de Los Ángeles a Boston.

Desde la Cala de la Esperanza, el fin de semana anterior, ella había hecho todo lo posible para mantenerse a distancia de Rick. Dos largos días de trabajo la habían salvado. Había vuelto muy tarde, y agotada, a casa.

Desde el aeropuerto, donde Rick tenía un coche en una plaza de aparcamiento de su propiedad, fueron a Welsdale y, de allí, en veinte minutos llegaron a una impresionante mansión a las afueras de la ciudad. Rick le había dicho que sus padres celebraban una pequeña fiesta.

Los Serenghetti vivían en una mansión de estilo mediterráneo de tejado de tejas y paredes blancas. Situada en medio de un hermoso paisaje, la casa recibía a los visitantes con una fuente de piedra.

Chiara no sabía qué esperar, pero sí una vivienda más humilde. Estaba claro que se había equivocado. Rick procedía de una familia acomodada, a diferencia de ella.

Al entrar en la casa, Rick dijo en tono de broma:

—Bienvenida a la reunión familiar de los Serenghetti.

—¿Están todos aquí?

—Nos gusta apoyar a mamá.

No estaba preparada para eso. La reunión iba a ser más numerosa de lo esperado.

Nunca habría una reunión de la familia Feran, desde luego. O si la había, sería en alguna mesa de juego de Las Vegas, donde ella pagaría las deudas de su padre.

La gente, de pie, charlaba. Chiara observó que dos de los hombres eran tan atractivos como Rick. Parecía que solo había una clase de Serenghetti: los que te dejaban sin aliento por su belleza.

—Vamos —dijo Rick agarrándola del codo—. Voy a presentarte.

Mientras se les acercaban, uno de los dos hombres los vio y fue a su encuentro.

—El hijo pródigo que vuelve al redil…

—Cállate, Jordan —dijo Rick con suavidad, como si estuviera acostumbrado a que le tomara el pelo.

Jordan no se inmutó y miró a Chiara con curiosidad.

—Esta vez te has superado. Mamá estará contenta. Nunca sabré cómo has conseguido convencer a una bella actriz de que eres de los buenos. Hola —dijo tendiéndole la mano a Chiara—. Jordan Serenghetti, el hermano más guapo de Rick.

—¿Quién de los dos fue doble de cuerpo para el

hombre más sexy del mundo de la revista *People*? –preguntó Rick.

–¿Quién ha aparecido en ropa interior y en vallas publicitarias en Times Square?

–Encantada de conocerte –Chiara los interrumpió riendo–. Llevo días aguantando su sentido del humor –le indicó a Rick con un gesto de la mano–. Ahora veo que es cosa de familia.

–Sí, pero soy más joven que Rick y Cole, nuestro hermano mayor, por lo que me gusta decir que nuestros padres acertaron a la tercera.

Chiara volvió a reírse. Observó a una atractiva mujer de cabello rubio claro recogido en una cola de caballo. Llevaba unos *leggings* y una camiseta deportiva de manga corta. A diferencia de muchas mujeres de Hollywood, no parecía darle importancia a su belleza e iba muy poco maquillada.

–Ha llegado tu perdición –murmuró Rick.

Jordan siguió la dirección de la mirada de su hermano.

–Que el cielo nos asista.

Al ver la mirada inquisitiva de Chiara, Rick se lo explicó.

–Serafina está emparentada con nosotros por matrimonio. Es prima de la esposa de Cole, además de la única mujer bajo el sol que Jordan no puede seducir.

Jordan parecía una abeja atraída por el néctar y desconcertada por dicha atracción. Chiara disimuló una sonrisa. Supuso que, al igual que ella, Jordan vivía en un mundo artificial; era probable que los deportes muy populares se asemejaran a Hollywood. Y Serafina era una bocanada de aire fresco.

Serafina era algo distinto, y Jordan no parecía saber cómo tratarla. ¿Como pariente, amiga, amante? Tal vez fuera incapaz de decidirse, aunque no era solo asunto suyo.

—Disculpadme —dijo Jordan— pero la diversión acaba de entrar.

—Jordan... —le avisó Rick.

—¿Qué? —preguntó su hermano mientras se marchaba.

—Ten cuidado con lo que haces mientras tratas de conocer mejor a nuestra nueva pariente.

Jordan sonrió.

—Lo haré.

Chiara observó que Serafina entrecerraba los ojos al darse cuenta de que Jordan se le acercaba. Parecía que estaba pendiente de cada uno de sus movimientos.

Chiara reprimió una mueca de reprobación hacia sí misma. No era quién para juzgar a Serafina. Ella misma estaba pendiente de cada gesto de Rick.

En ese momento, se les acercó el otro hombre atractivo que había visto antes.

—Hola, soy Cole Serenghetti —dijo tendiéndole la mano.

—Chiara Feran —respondió ella mientras se la estrechaba.

Se dio cuenta inmediatamente de que Cole era el hermano serio.

A diferencia de Jordan y Rick, sus ojos eran más castaños que verdes. Pero el parecido era evidente. Chiara observó que tenía una cicatriz en la mejilla.

Una hermosa mujer se aproximó. Cole le pasó el brazo por la cintura.

–Es Marisa, mi esposa –dijo Cole mirándola con afecto–. Cielo, seguro que has oído hablar de Chiara Feran.

–Me encantó la película *Tres noches en París* –dijo Marisa–, y te sigo en Internet.

Chiara sonrió.

–Encantada de conocerte. ¿Así que te gustan las comedias románticas?

–Me encantan –Marisa miró burlona a su esposo–. Aunque es difícil conseguir que Cole las vea conmigo.

Este adoptó una falsa expresión de sentirse dolido.

–Me limito a demostrar lealtad a la familia prefiriendo las películas de aventuras de Rick.

–Una excelente excusa –comentó Marisa antes de volverse hacia Chiara–. Ahora no estás rodando una comedia romántica, ¿verdad?

Chiara suspiró.

–Por desgracia, no. Échale la culpa a Hollywood. Las películas de acción son las que más dinero dan en taquilla.

Marisa la miró con compasión.

–Veo que pensamos lo mismo –añadió Chiara.

–A mis alumnos de décimo les he puesto la película basada en *Otra canción al amanecer*, que tú protagonizas –dijo Marisa con entusiasmo–. Enseño aquí, en Welsdale.

–Me alegro mucho. Es el cumplido más bonito que...

–¿Te han hecho? –Rick finalizó la frase por ella.

Cole le lanzó una mirada divertida.

–Eres todo un romántico.

Chiara se sonrojó.

—Me refería al mejor cumplido profesional.

Cole y su esposa rieron.

—Cole se ha vuelto más comunicativo sobre sus emociones desde que nos casamos —dijo Marisa mirando a su esposo—, pero sigo sin encontrarme dibujos de corazones en la fiambrera.

Chiara sintió envidia ante la evidente conexión entre ambos, a diferencia de Rick y ella. Entonces recordó que Rick y ella no eran pareja, que su relación era falsa.

Cuando Cole y Marisa se marcharon, se les acercó otra mujer, en la que Chiara volvió a observar el parecido con Rick.

—Chiara, te presento a Mia, mi hermana menor.

Mia era preciosa, delgada y con unos magníficos ojos almendrados de color verde. Podía ser modelo o actriz.

—Mentiría si te dijera que Rick me ha hablado mucho de ti —bromeó Mia.

—Teniendo familia, ¿quién necesita enemigos? —masculló Rick.

—Rick me ha dicho que eres diseñadora —dijo Chiara.

—¿Ah, sí?

—Me encantaría ver tus modelos.

—Trabajo en Nueva York.

—¿Tienes algo para que Chiara se ponga para el programa de cocina de mamá? —preguntó Rick.

Cuando Mia puso los ojos en blanco, Chiara reprimió una sonrisa.

—Es típico de mi hermano darme la oportunidad profesional de mi vida y no avisarme.

–Oye, te dije que te trajeras un baúl de ropa para enseñársela a una amiga.

–¡Sí, pero no me dijiste a quién!

–¿No lees la prensa sensacionalista? ¡Estoy saliendo con una de las actrices más hermosas del mundo!

Chiara se ruborizó.

–¿Cómo voy a distinguir entre lo que es verdad y lo que no? Menos mal que manejo muy bien el hilo y la aguja para arreglar un vestido, si es necesario.

–No estoy tan delgada –intervino Chiara.

–Come como una lima –bromeó Rick–. Y sé lo que pesa porque la he sacado en brazos de edificios que iban a explotar y la he subido a un helicóptero con una mano.

–Muy gracioso –observó Mia–. Y ahora nos dirás que tienes superpoderes.

Rick enarcó una ceja.

–Pregúntale a Chiara.

Chiara volvió a ruborizarse. Lo único que le faltaba era ponerse a hablar con sus hermanos de las proezas de Rick, sexuales o de otra clase.

Como Chiara no respondía, Mia se echó a reír.

–Creo que ahí tienes la respuesta, Rick.

Se les acercó una mujer mayor dando palmas.

–*Cari, scusatemi*. Lo siento, estaba hablando por teléfono con los productores

–No te preocupes, mamá –dijo Rick–. Estoy presentando a Chiara a todo el mundo.

La madre de Rick juntó las manos.

–Soy Camilla. *Benvenuta*.

–Gracias, señora Serenghetti.

–Llámame Camilla, por favor. Me harás un enorme *favore*.

–Mezcla el inglés y el italiano como si fueran agua y harina –dijo Rick en voz baja.

–Chiara, ¡qué nombre tan bonito! Eres de origen italiano y brasileño, ¿verdad?

Chiara asintió.

–Eres famosa, además de muy guapa, ¿verdad?

–Mmm…

–*Basta cosí* –Camilla asintió en señal de aprobación–. Me vas a hacer un enorme *favore*.

–Señora Serenghetti…

–Camilla, por favor. ¿Quieres que te enseñe a preparar un plato en el programa o prefieres enseñarnos una de tus recetas?

–Haré una de las mías –Chiara había pensado qué preparar en el avión. No quería decepcionar a Camilla. No tenía nada que ver con Rick, sino con su propia integridad–. En mi infancia, fui muchas veces a Brasil a visitar a mis familiares. La comida italiana es muy popular allí.

Camilla sonrió.

–Es muy conocida la barbacoa brasileña, pero también tenemos la *galeteria*, que es pollo frito, acompañado generalmente de toda la pasta y la ensalada que se desee. Me gustaría preparar un plato de pasta que parece italiano, pero que popularizaron los inmigrantes italianos en Brasil: *capelletti alla romanesca*.

–*Perfetto* –Camilla asintió, demostrando su aprobación.

Mia la agarró del brazo.

–Tendréis que disculparnos, pero necesito que

mamá me dé su opinión sobre cómo terminar la ensalada de *tagliatelle*.

Una vez solos, Rick se volvió hacia Chiara, desconcertado.

–¿De verdad has preparado ese plato alguna vez?

–Por favor… –Chiara le lanzó una dolorida mirada–. ¿Te parezco brasileña e italiana?

–Sí, pero…

–Confía en mí.

–¿No es eso lo que te digo yo? –se burló él.

–¡Rick!

Chiara vio a un hombre, una versión más anciana de Rick, que se aproximaba.

–Prepárate –murmuró Rick–. Aún te queda por conocer al miembro más pintoresco de la familia: Serg Serenghetti.

–Así que el hijo pródigo ha regresado –Serg Serenghetti miró a Chiara–. ¿Qué le ves a este hombre?

Chiara sonrió débilmente.

–¿Cómo sabes lo nuestro? –preguntó Rick a su padre.

–Leo *WE Magazine*, como todo el mundo. Tu madre va dejando la revista por todas partes. Y mientras me recupero tengo mucho tiempo para navegar en Internet buscando noticias sobre mis hijos.

Rick miró a Chiara y señaló a su padre con el dedo.

–¿Puedes creerte que sabe navegar en Internet? Está a la altura de esos adolescentes que hacen que las películas de acción sean un éxito de taquilla.

Rick se burlaba de su padre en tono afectuoso.

–Sé mucho de muchas cosas desde mucho antes de que nacierais, pero por parte de mis hijos solo recibo impertinencias.

Rick le acercó una silla y Serg se dejo caer en ella.

–Se está recuperando de un derrame cerebral –murmuró Rick a Chiara.

Esta se sintió conmovida. Por debajo de la burla, era evidente el afecto que se profesaban padre e hijo. En cambio, la relación de ella con su padre era un eco distante.

Se daba cuenta de que, con la familia Serenghetti, iba a conocer algo que distaba mucho de su propia experiencia. Mientra conversaba con Serg, se percató de que estaría bien conocer a la familia de Rick, salvo porque haría aún más atractivo a este, y ella ya corría el peligro de sucumbir a sus encantos.

Rick no daba crédito a lo que veía, pero debería haber sabido que Chiara tenía un don natural ante las cámaras, incluso en el programa de cocina de Camilla Serenghetti.

También estaba tenso. Quería que ese programa disparara la audiencia, pero desconocía las habilidades culinarias de Chiara. Además, quería que su madre y ella se llevaran bien.

–No llevo delantal –dijo Chiara ante la cámara–. Esta ropa es demasiado bonita para taparla –señaló el top de color cereza y los pantalones color crema, apenas visible por encima de la encimera de la cocina–. Son cortesía de la hija de Camilla, Mia Serenghetti, con cuyos modelos se te hace la boca agua.

Camilla se echó a reír. Rick vio que su hermana, sentada a su lado con los espectadores, parecía divertirse.

–Creo que Camilla no es la única en la familia que tiene talento.

–*Grazie, bellisima* –respondió esta.

–*Prego* –Chiara echó jamón en la picadora antes de sonreír a los espectadores–. A veces prefiero un aparato electrónico a cortar las cosas a mano. Es más rápido.

Mientras examinaba los botones de la batidora, Rick se dio cuenta de que algo iba mal y se levantó de su asiento de la primera fila.

Chiara apretó un botón y los trozos de jamón salieron volando.

Chiara soltó un grito y Camilla se llevó las manos a la boca. Los espectadores estallaron en carcajadas.

Rick volvió a sentarse.

Chiara apretó rápidamente otro botón para apagar el aparato. Camilla y ella se miraron y se echaron a reír.

–¡Vaya! –exclamó Chiara mirando a la cámara. Se encogió de hombros con una sonrisa–. La próxima vez me acordaré de poner la tapa a la picadora. Pero, primero, vamos a limpiar esto.

Unos segundos después, tras haber recibido ayuda del personal del estudio, Chiara alzó una copa de vino y brindó con Camilla.

Rick observaba fascinado la interacción entre

ambas. Miró a su alrededor y se percató de que todo el mundo hacía lo mismo.

Después, Chiara preparó los *capelletti* sin más incidentes. Cortó más jamón, a mano esa vez, y lo echó en una cazuela que contenía guisantes, setas y una salsa de nata líquida ligera. Añadió un poco de vino de una botella abierta y, al tiempo que guiñaba un ojo, dijo:

—Inténtenlo en casa.

Camilla y ella volvieron a brindar.

Rick no se imaginaba lo que ambas estaban pensando, pero cuando Chiara hizo señas a Serg, que se hallaba entre los espectadores, para que se les acercara, supo que las cosas se iban a poner más interesantes. Era la primera vez que su padre iba a aparecer ante tanto público, después del derrame.

Rick fue a ayudarlo a levantarse, pero Serg lo apartó gruñendo en broma y se levantó con una sonrisa.

—Me he enterado de que Serg, el esposo de Camilla, entiende de vinos —anunció Chiara—. Tal vez pueda sugerirnos uno bueno para acompañar el plato.

—Con mucho gusto —contestó Serg mientras subía los dos escalones del escenario—. Mi hijo no nos trae todos los días a una hermosa actriz.

Rick reprimió un gemido de incomodidad. La falsa relación de Chiara y él acababa de recibir una inmensa publicidad, debido a su padre. Odele no cabría en sí de gozo.

En el escenario, Serg probó los *capelletti* en un plato que Camilla le tendió. Después de saborearlos, sentenció: *bianco di Custoza, verdicchio o pinot bianco.*

Chiara sonrió.

—Muchas gracias por la recomendación, Serg.

Este guiñó el ojo a los espectadores.

—Soy italiano, así que recomiendo vinos italianos. Me gustan secos, pero este plato también lo pueden acompañar de un *chardonnay* ligero, si lo prefieren.

Al recibir la señal de uno de los productores, fuera de pantalla, Camilla se dispuso a acabar el programa.

—Hasta que nos volvamos a ver. *Buon appetito.*

Mientras les quitaban los micrófonos a Camilla y Chiara, Serg volvió a su asiento.

—Buen trabajo, papá —afirmó Rick con una sonrisa.

Seguía intentando asimilar la interacción de Chiara con sus padres ante las cámaras. Había sido tan natural que parecía que los conocía de toda la vida.

—¡Bah! —exclamó Serg—. No me tengas envidia porque una mujer hermosa me haya hecho subir al escenario.

—Y ha nacido una estrella —dijo Rick con humor a su hermana, que le sonrió con complicidad.

—¿Quieres un autógrafo? —Serg soltó una carcajada al tiempo que recogía su jersey de la silla. Mia se acercó a ayudarlo.

Cuando, minutos después, Chiara se acercó a Rick, este le dijo:

—Se te da de maravilla robar las escenas.

—Por eso soy una actriz tan solicitada.

Estaba sexy con la ropa de Mia, y a él le gustaba aún más por haber prestado su fama para ayudar a su familia.

–¿Así que todo estaba planeado?

–¿Planeado? ¿Como si hubiera un guion? –negó con la cabeza–. No, ha sido improvisado.

–Pues ha funcionado.

–Espero que los índices de audiencia del programa lo reflejen. Los telespectadores quieren drama y acción. O puede que lo piense porque he hecho muchas películas de aventuras.

–Así has conocido a un apuesto especialista que te ha dado una segunda vida en la prensa.

–Ah, sí, los medios de comunicación –emitió un sonido de contrariedad que él no se esperaba–. Tengo que cuidar mi personaje público, claro.

Él se metió las manos en los bolsillos porque lo abrumaba el deseo de consolarla, de acercarse a ella.

–Entonces, ¿quién es la verdadera Chiara Feran? Odele me ha contado algunos detalles de tus padres y tu infancia.

Ella suspiró y una sombra de dolor cruzó por su rostro.

–Mi madre era en muchos sentidos la típica madre actriz, aunque no en otros. Sus sueños de llegar a ser una estrella no se habían cumplido, por lo que esperaba que yo lo lograra.

–¿Las cosas no le fueron bien?

–Tuvo un modesto éxito en Brasil, así que se fue a Hollywood. Pero su acento portugués era un obstáculo a la hora de actuar. Vete a saber lo que hubiera pasado si se hubiera quedado en Latinoamérica.

—¿No quiso tener más hijos?

—No. Su matrimonio fracasó, y yo ya era más que suficiente para una mujer sola y alejada de su familia brasileña. Además, yo era su vivo retrato, por lo que tenía una versión de sí misma en miniatura. Murió hace unos años y la sigo echando mucho de menos. Tengo sentimientos encontrados sobre mi infancia, pero a ella la quise con todo mi corazón. Me crio lo mejor que pudo.

Rick comenzaba a entender muchas cosas. La educación de Chiara no podía ser más distinta de la suya. Mientras él se dedicaba a jugar al fútbol con sus hermanos en el patio, a ella probablemente la estarían preparando para tener la oportunidad de aparecer en un anuncio o catálogo.

—Tu madre debería pensar en tener un blog de cocina —comentó ella, cambiando de tema—. Debería pensar en diversificarse y crear el imperio culinario Serenghetti.

—¿El imperio? —repitió él en tono sardónico. Una cosa era que su madre tuviera un programa de cocina en un canal local y otra convertirse en emperatriz. De todos modos, dijo—: Le gustará cómo piensas y valorará las sugerencias para crear una marca.

—De eso se trata en Hollywood, de crear una marca. Tú, en cambio, te inclinas por la tranquilidad, lo cual resulta sorprendente. Vienes de una ciudad pequeña y agradable de Massachusetts que está a años luz de Hollywood.

—Tú te criaste en Rhode Island, que tampoco está tan lejos de aquí. No eres tan distinta.

Ella negó con la cabeza.

–En la actualidad, solo me preocupa actuar. El espectáculo debe continuar.

–¿A cualquier precio?

Ella asintió.

–Aunque el espectáculo sea un fraude.

–Sin embargo, me pareces real y vital –afirmó él acercándosele–. Y mi reacción física ante ti lo es, sin lugar a dudas.

Ella rio nerviosa y negó con la cabeza.

–Me parece que te equivocas. Recuerda que soy Blancanieves, un personaje de ficción.

Rick hizo una mueca. No sabía por qué habían comenzado a hablar de aquello. De repente, ella insistía en que era un personaje de ficción, en tanto que él sostenía lo contrario.

De una cosa estaba seguro: estaba más dispuesto que nunca a terminar de explorar la atracción real que había entre ambos. Se había mantenido a distancia desde que habían salido de Los Ángeles, pero deseaba a Chiara con una urgencia que comenzaba a resultarle difícil pasar por alto.

En el estudio de televisión, ahora casi vacío, Chiara se hallaba algo apartada, esperando que la familia Serenghetti se marchara. Rick hablaba con su madre y uno de los productores, sin duda sobre la invitada del programa.

Chiara se alegraba del descanso. Minutos antes, su conversación con Rick había sido demasiado íntima y personal. ¿En qué estaba pensando?

Le había contado más sobre su madre y su infancia de lo que pretendía. Y no había ocultado su tristeza al comparar las circunstancias de la familia de Rick con la suya propia. Allí se sentía a gusto, acogida por los Serenghetti y alejada de los problemas.

De todos modos, había esquivado la corriente emocional y sexual existente entre Rick y ella hablando en broma. «El espectáculo debe continuar». Dudaba que a Rick le hubiera satisfecho esa respuesta. Recordó el brillo de sus ojos al decirle que ella le parecía real y vital, y que su reacción física ante ella lo era, sin lugar a dudas.

Su decisión de mantenerlo a distancia se debilitaba, a lo que contribuía su deseo de poseer lo que él tenía: una familia unida como una piña, cuyos miembros se preocupaban los unos de los otros.

En ese momento apareció Mia, muy sonriente.

—Gracias por tu intervención, Chiara. Eres la modelo perfecta para sacar los mejor de mis diseños.

Chiara le devolvió la sonrisa y le tocó el brazo.

—No hay de qué.

—Nunca había vestido a nadie tan famoso. Tienes mucho estilo.

—Se lo debo en buena medida a mi antigua estilista, Emery. Pero se ha marchado a crear su propia línea de accesorios, así que estoy abierta a ideas nuevas. Debería poneros en contacto a las dos. Emery sería el complemento natural de tus creaciones.

Mia la miró, divertida.

—Sería perfecto —añadió Chiara.

Mia ladeó la cabeza.

—Rick no es el único inconformista de la familia, aunque quiere creer que es así. Yo abandoné el negocio de construcción familiar para irme a Nueva York a estudiar Diseño.

–Haces que la palabra «inconformista» parezca algo malo. No es tan terrible.

–Ya veo que Rick te ha cautivado –dijo Mia sonriendo.

Chiara notó calor en el rostro. ¿Solo la había cautivado o había algo más? Hacía poco que había calificado a Rick del hombre con menos encanto que conocía, pero sus sentimientos habían ido cambiando. Ahora, con su familia, aún la cautivaba más.

Mia se inclinó hacia ella y le habló en tono cómplice.

–Eres muy guapa, lista y famosa. ¿Cómo habéis acabado juntos Rick y tú?

–Pues… –no era capaz de mentir a la hermana de Rick–. No te creas todo lo que lees en la prensa.

¿Qué iba a decirle?, ¿que no eran pareja?, ¿que todo era una gran mentira? Incluso ella cada vez tenía más problemas para recordarlo, sobre todo en compañía de la familia Serenghetti.

–Entiendo –respondió Mia asintiendo–. Hacéis muy buena pareja. Es como si Rick hubiera encontrado su media naranja. No eres alguien a quien le pueda impresionar su dinero –añadió Mia.

–No sé cuánto dinero tiene –contestó Chiara, sorprendida.

Mia se echó a reír.

–Yo tampoco, pero ha ganado el suficiente dinero con un fondo de alto riesgo como para hacer lo que quiera.

¿Un fondo de alto riesgo? Chiara comenzó a marearse. Por lo que sabía, Rick era un doble cinematográfico. Si tenía millones, ¿qué hacía…?

—Es un especialista. Salta de edificios, de coches en marcha… —«y abraza a las actrices colgado de un helicóptero».

—Y se arriesga mucho con el dinero apostando por valores que suben o bajan —Mia se encogió de hombros—. Es lo mismo.

Chiara se quedó helada. Según Mia, Rick se parecía bastante a su padre. Ella no se había percatado de la semejanza, y, ahora, la relación de Rick y ella era pública. Y lo más sorprendente de todo era que Rick no era un mero especialista, sino…

—*El orgullo de Pegaso* es su última inversión.

Chiara expulsó el aire y trató de que no le temblara la voz.

—¿Ha invertido dinero en la película?

—¿No lo sabías?

No. En caso contrario, no se hubiera dedicado a insultar al jefe, el productor de la película que estaba rodando, que podía haberla despedido en cualquier momento.

Mia se echó a reír.

—Eso es típico de Rick. Siempre quiere pasar desapercibido. Todavía hablamos de su disfraz preferido para Halloween cuando era un niño. Se puso una bolsa de papel marrón en la cabeza y le hizo unos cortes a la altura de los ojos.

—¿Y en las obras de teatro escolares?

—Formaba parte de los ayudantes de escena o hacía de árbol.

—Pues se ha licenciado en saltar de motos en

marcha y colgarse de aviones –Chiara replicó en tono seco–. «Y en engañar a actrices incautas».

Miró a Rick . ¿Por qué no se lo había dicho? Ella creía que… ellos habían… Lanzó un gemido.

Tenía que hablar con él, pero no delante de su familia. Tendría que esperar el momento oportuno.

Capítulo Ocho

Chiara no dijo nada a Rick hasta que no llegaron a casa de él.

Ahora, al menos, entendía por qué consultaba el móvil continuamente. Era una persona poderosa en Hollywood que no quería que su nombre saliera en la prensa. Y tal vez también tuviera que ver con cómo iban sus inversiones.

Cuando llegaron al piso de él, volvió a quedarse impresionada, como ante la casa de sus padres. Pero ahora estaba preparada para lo que hallaría, a diferencia de cuando había llegado a Welsdale. El amplio espacio tenía un sello de lujo no ostentoso: ladrillos caravista, cuero, lámparas empotradas, aparatos electrónicos ocultos por paneles deslizantes y enormes ventanales. El piso era el último de un edificio de caras viviendas. Las luces de Welsdale brillaban al otro lado de los ventanales.

¿Cómo era posible que ella no supiera nada? Había vuelto a buscar información sobre Rick en Internet, después de haber hablado con Mia, sin encontrar nada nuevo.

Entraron en el salón. Chiara se frotó las manos en los pantalones. Después, respiró hondo y miró fijamente a Rick.

—No me habías dicho que eras el productor de *El orgullo de Pegaso*, además de especialista.

–Sorpresa.

–No es momento de bromas.

–¿Cuándo lo es? –parecía que seguía tranquilo.

Ella puso los brazos en jarras.

–Me has engañado.

–No me hiciste preguntas. De todos modos, ¿acaso importa?

–Nunca salgo con mi jefe. No quiero ganarme la fama de ser una actriz que ha llegado a la cumbre por acostarse con sus jefes.

Rick sonrió.

–¿Te ayuda saber que solo soy el hombre entre bastidores? Soy inversor de Blooming Star Productions.

–Entonces, ¿por qué no hace tu madre un cameo en una de tus películas? Podría interpretarse a sí misma: una cocinera con un programa de televisión que quiere ser famosa.

–Por favor…

Chiara entrecerró los ojos.

–¿Y de dónde has sacado el dinero para respaldar económicamente una productora de películas?

Se lo había dicho Mia, y no se lo había creído del todo, por lo que quería que se lo confirmase.

Él se encogió de hombros.

–Trabajé en Wall Street después de acabar la carrera en la Universidad de Boston y creé un fondo de alto riesgo.

Ella volvió a marearse al oírlo, igual que le había sucedido en el estudio. ¿De cuánto dinero hablaban? ¿De millones?, ¿de miles de millones?

Como si le hubiera adivinado el pensamiento, Rick dijo:

—Gané bastante, pero me fui de Nueva York antes de entrar a formar parte del club de los multimillonarios.

—No suele ser habitual ser productor y especialista a la vez.

—No son tan distintos como crees. Ambos se enfrentan a riesgos calculados. Uno, con dinero; el otro, físicamente.

Sus palabras se asemejaban a las que había pronunciado Mia antes. ¿Pensaban los dos lo mismo?

Ella debería haber sido capaz de interpretar las señales y hacer que encajaran. Eran evidentes: el coche caro, un piso en cada costa...

Él volvió a encogerse de hombros.

—Soy un inconformista.

—Me dijiste que vivías en un piso de alquiler al oeste de Hollywood.

—Hasta que terminen de construirme la casa.

—¿Dónde está?

—En Beverly Hills.

Por supuesto.

—Brentwood te parecerá... pintoresca.

En la zona en que ella vivía en Los Ángeles había mucha gente famosa, pero era más discreta que los barrios famosos, adonde llegaban los turistas en manadas: Beverly Hills, Bel Air...

—Brentwood tiene su encanto, sobre todo si hay una casa inglesa con el tejado de paja, en la que vive una princesa de cuento.

—Pero la princesa es moderna a más no poder —dijo ella, dispuesta a destrozarlo verbalmente por dejar que creyera que era un especialista que se ganaba la vida yendo de plató en plató.

–Lo sé de sobra –la miró con ojos risueños.

–¿Por qué renunciaste a Nueva York, la industria financiera y tu fondo de alto riesgo para irte a Hollywood?

Él sonrió levemente.

–Necesitaba nuevos retos. Hollywood no es tan distinto de Wall Street. Los estudios se arriesgan mucho con cada película. Son reglas distintas, pero el mismo juego. Y se sigue tratando de dejarte guiar por tu instinto y ganar dinero… o no.

–Ahora todo tiene sentido –dijo ella en tono sarcástico–, salvo el hecho de que me hicieras creer que eras un tipo normal.

–¿Es esta nuestra primera discusión?

Ella estuvo a punto de lanzar un bufido.

–Más bien, la enésima.

Él se le acercó.

–¿Habría sido distinto si lo hubieras sabido?

–Podrías haber contratado una manada de guardaespaldas para protegerme.

–Pero entonces no hubiera podido disfrutar del placer de tu compañía.

–¿Te refieres al placer de discutir conmigo?, ¿y al de vivir en una humilde cabaña en vez de en una castillo en Beverly Hills?

Él soltó una carcajada.

–Te pago lo suficiente para vivir en algo más que una humilde cabaña.

–¿Pero lo suficiente para soportarte?

Él le dedicó una seductora sonrisa y la atrajo hacia sí.

–No lo sé. Vamos a averiguarlo.

Ella tendría que estar enfadada con él. Lo estaba, pero daba igual. La realidad era que la vida familiar de los Serenghetti la había seducido. Y que anhelaba tener una así, como la de esa familia que se hallaba a muchos kilómetros de distancia de su vida en el sur de California, y la distancia no era solo cuestión de geografía.

Cuando sus labios se encontraron, Chiara se quedó extasiada, llena de júbilo, al tiempo que se sentía segura, como si volviera a casa.

Él la apretó contra su cuerpo, apoyándole la mano en la espalda, para que notara su excitación, su deseo. Ella le puso las manos en los hombros para luego rodearle el cuello con los brazos.

Rick murmuró contra su boca.

—Necesitamos *atrezzo*.

Ella lanzó una risa ahogada.

—Esto no es una película.

Él enarcó las cejas.

—¿No estás desempeñando un papel?

—Me gusta que parezca real. ¡Salvo en esta farsa de parecer que somos pareja y que Odele me ha obligado a representar!

—Pues esto es todo lo real que te puedas imaginar.

Ella se estremeció.

—Muy bien. ¿Y si soy una gran y fría actriz y tú eres mi ayudante e intentas seducirme?

—No hay nada frío en ti, Blancanieves —dijo él levantándole la barbilla—. Bueno, salvo tu apodo.

—¿Vas a hacer que me derrita?

—Voy a intentarlo —afirmó él sonriendo.

Hubiera sido más seguro fingir que era su ayudante o, simplemente, el especialista de la película, no un hombre mucho más rico que ella que no iba detrás de su dinero ni de su fama y que solo quería protegerla.

Ella no sabía qué hacer con alguien así. Llevaba años viviendo como si no necesitara a un hombre. Pero con Rick se hallaba en desventaja. Había salido a defenderla de un acosador y ahora resultaba que era su jefe. Y tampoco la necesitaba para nada.

Bueno, salvo para el sexo. Era evidente que la deseaba con desesperación.

¿Y qué mal había en sentirse femenina y poderosa? Al fin y al cabo, no iba a renunciar a nada, aunque corría el peligro de enamorarse.

El deseo contenido que llevaba sintiendo las semanas anteriores y negándose a reconocer se liberó de las esposas. Rick la volvía loca, y había una línea muy fina entre irritarla y atraerla. Darse por vencida implicaba liberarse de la frustración. De repente, nada más le importó.

Como si viera el asentimiento en sus ojos, Rick la desnudó lentamente y fue tirando cada prenda a un mueble cercano. Después se desnudó él. Los dos estaban en ropa interior.

Ella se estremeció al sentir el aire frío.

—Voy a calentarte —murmuró él.

El problema era que ya lo había hecho. Se estaba derritiendo y con ella sus defensas, como el hielo bajo el sol.

En sujetador de encaje negro y tanga no podía esconder nada. Aunque estaba dominada por los nervios, contemplar en el rostro de Rick lo mucho que le gustaba lo que veía acabó con ellos. Echó los hombros hacia atrás, y sus senos avanzaron con los pezones endurecidos bajo la fina tela.

Rick murmuró lo que quería hacerle. Su prominente excitación daba testimonio de sus palabras. Ella contuvo la respiración mientras la invadían oleadas de deseo.

Él fue conduciéndola hacia atrás y cuando los muslos de ella chocaron con el sofá, ella se dejó caer, agarrándose con una mano a un cojín. Rick se agachó y se llevó uno de sus pezones a la boca, sin quitarle el sostén, y lo chupó suavemente.

Chiara ahogó un grito. Echó la cabeza hacia atrás cuando él le apartó el sujetador y dedicó su atención al otro seno. Ella se sentía abrumada por las sensaciones, y el universo había explotado en un caleidoscopio de colores.

Rick se arrodilló, tiró de ella hasta el borde del sofá y le apartó el tanga para seguirle provocando placer con la boca. Ella gritó y sintió que se hacía pedazos, hasta dar sacudidas contra la boca de él al alcanzar el clímax.

Después, Rick se levantó y se quitó la ropa interior. Chiara lo imitó.

De pronto, Rick lanzó una maldición.

—¡Maldita sea! Los preservativos están en la maleta.

—Estoy protegida —dijo ella, con la voz ronca de deseo.

Se miraron durante unos segundos, sin moverse, saboreando el momento.

Chiara le tendió la mano.

—No vamos a hacerlo en la cama, ¿verdad?

—Un especialista puede hacerlo en cualquier sitio —dijo él sonriendo.

Chiara siguió la dirección de su mirada hasta

una larga otomana de cuero. Mientras se sentaba en ella, él le dio un largo y dulce beso.

Cuando ella lo abrazó, la penetró con un ágil movimiento. Unida a él. Chiara se abandonó a las sensaciones y siguió el ritmo que él estableció.

Cuando notó que Rick se ponía tenso, que se acercaba al clímax, le acarició los brazos y ahogó un gemido.

—Déjame oírte —dijo Rick, mientras el aire se espesaba con la respiración jadeante de ambos.

—Rick…, ahora.

Y mientras él la embestía con profundidad, ella volvió a sentir que se hacía pedazos, deslumbrada por la liberación.

Rick lanzó un grito ronco y cayó en sus brazos. Chiara nunca se había sentido tan unida a otra persona, tan expuesta y, al mismo tiempo, tan segura.

Al pasar por delante del espejo del vestíbulo de su casa, Chiara estuvo a punto de pellizcarse. Se veía feliz, relajada y, sí, sexualmente satisfecha. El rodaje de la película había terminado, así que lo más importante que tenía que hacer ese día era leer el guion de un papel que debía decidir si aceptaba.

Desde que Rick y ella habían vuelto a Los Ángeles desde Welsdale, dos días antes, ella se sentía envuelta en un maravilloso capullo. Se sonrojó al pensar en lo que habían hecho el día anterior. El juego previo había tenido lugar en el banco para hacer pesas, pero también habían usado la esterilla y la cuerda de saltar.

Entró en el cuarto de estar y se dejó caer en el sofá, con los pies colgando de un brazo. Comenzó a leer el guion en la tableta. Unos segundos después llegó Rick.

Había ido a hacer unos recados. Hacía dos horas que no lo veía. No se había molestado en afeitarse esa mañana. A ella le gustaba la sombra que le oscurecía la mandíbula, que contrastaba con el color de sus ojos y le confería un tranquilo magnetismo.

Rick le señaló la tableta con la cabeza.

—¿Has leído las noticias?

—No, ¿por qué? —se dio cuenta de que él estaba más serio de lo habitual.

Rick se cruzó de brazos y se apoyó en la puerta.

—La buena noticia es que se ha emitido la orden de alejamiento temporal, así que a tu admirador se le puede detener si se te acerca.

—Estupendo —no había pensado mucho en Todd Jeffers en los días anteriores, aunque ahora que había vuelto a casa, y como él sabía la dirección, se notaba más estresada—. ¿Cuál es la mala noticia?

—Han detenido a tu padre.

Chiara apoyó la cabeza en los cojines y cerró los ojos durante unos segundos.

—¿En Las Vegas? ¿Qué habrá hecho? Allí, la policía hace la vista gorda a casi todos los vicios imaginables. ¡Por Dios, si hasta la prostitución es legal en algunas zonas de Nevada!

—Parece que discutió por una multa de aparcamiento.

—Muy propio de él.

—Tienes que resolver el problema de papá.

–No lo llamo así –dijo ella incorporándose–. Puede que «donante de esperma», pero no papá.

–Lo llames como lo llames, si no resuelves ese asunto seguirás teniendo los mismos molestos problemas de cara a los medios de comunicación. Y puede que en tu próxima película no haya un especialista dispuesto a hacer también el papel de novio de la estrella.

–Muy gracioso –de todos modos, el corazón le dio un vuelco al recordar que su acuerdo era falso y temporal.

Rick bajó los brazos y entró en la habitación.

–Aunque recientemente hayamos conseguido distraer a la prensa de los problemas de tu padre, debes hacerles frente.

–Yo nunca huyo de nada.

–De acuerdo, eres temeraria. ¿No adivinas de dónde procede ese gen que te hace correr riesgos?

Ella se encogió de hombros para disipar un repentino sentimiento negativo y se levantó.

–No sé de qué me hablas.

Rick le lanzó una penetrante mirada.

–¿Qué crees que es apostar? Es correr un riesgo, y el sistema de recompensa cerebral se activa. Te gustan los riesgos; a tu padre también. Son distintas clases de riesgo, pero de la misma familia.

Ella no tenía nada en común con su padre. ¿Cómo se atrevía Rick a establecer el parecido? No se lo esperaba. Sí, en su profesión había altibajos muy marcados… Sí, a veces ella misma rodaba las escenas peligrosas…

Rick volvió a cruzarse de brazos.

–Lo gracioso es que la única cosa a la que no quieres arriesgarte es a ver a Michael Feran.

–No tengo nada que decirle.

Rick la miró con incredulidad.

–Claro que sí. Tienes las preguntas de toda una vida para hacerle –dijo con suavidad–. Pero centrémonos en el problema de que deje de atraer la atención de la prensa sensacionalista.

Ella alzó la barbilla.

–¿Y cómo sugieres que yo lo consiga?

–Tengo algunas ideas que apelarían a su propio interés.

–¿Desde cuándo eres psicólogo?

–Saber tratar a la gente forma parte del trabajo de un productor de Hollywood. Y el trabajo de especialista consiste en prepararte mentalmente para vencer el miedo de lo que pueda pasarle a tu cuerpo. Es el predominio de la mente sobre el cuerpo.

–Gracias por el consejo.

–He encontrado la marioneta con la que hablas en la silla en la que la dejaste. Tiene mucha información sobre ti –bromeó él. Y añadió–: En ella has depositado la parte de tu personalidad que temes haber heredado de tu padre.

–¡Qué bien!

–Tu padre tiene un problema de adicción al juego. Y sé lo que es una adicción. Hal volvió a beber en exceso después de lo que le hizo Isabel.

–No me habías dicho que el momento en plan diva de Isabel de cara a la prensa hubiera tenido consecuencias.

Rick se encogió de hombros.

–Hal vuelve a estar sobrio después de un periodo de rehabilitación. Es lo que me ha dicho un pajarito, porque ya no nos vemos.

Chiara cada vez entendía más el recelo de Rick ante los focos, las actrices y la fama en general. Una aspirante a actriz le había costado una amistad y había destrozado a alguien a quien conocía.

–Incluso te ofrezco mi casa para que os veáis tu padre y tú –prosiguió Rick–. Odele puede ponerse en contacto con él y organizarlo, lo cual incluiría el viaje a Los Ángeles. Yo correré con los gastos.

Ella suspiró.

–¿Así que lo único que debo hacer es presentarme?

–Sí.

–¡Tu casa ni siquiera está acabada!

–Quedan cosas por hacer, pero es habitable. Y lo más importante es que es un terreno neutral para una cita privada con tu padre.

–¿Hay algo en lo que no hayas pensado?

Él la miró fijamente.

–Todavía me rondan por la cabeza algunas fantasías…

–Es asombroso que procedas de una familia tan agradable teniendo en cuenta…

–¿Que soy un especialista machista y egoísta que no respeta los derechos de las actrices a llevar a cabo acciones temerarias?

–No, teniendo en cuenta la mente tan sucia que tienes.

–Bueno, eso también. Pero es que se me ocurren muchas formas de usar una corbata de seda. Un especialista necesita diversos accesorios.

–Yo no.

Rick se le acercó y murmuró:

–Muy interesante. ¿No necesitas ninguna clase de ayuda?

Ella se echó el cabello hacia atrás mientras la envolvían las oleadas de energía sexual que emanaban de él.

–No, yo hago las cosas sola.

Él agarró un mechón de su cabello.

–Puede ser más divertido si hay dos.

–¿O tres o más? ¿Cuál es tu límite?

Él rio suavemente.

–Dos está bien. En cambio, diría que el número de veces podría ser ilimitado.

Ella comenzó a respirar deprisa. Tragó saliva y se centró en las leves arrugas de los ojos de él y las que le rodeaban la boca.

Él bajó la cabeza y la besó en los labios. Ella suspiró. Él volvió a hacerlo dos veces más, esperando una respuesta.

Chiara se estremeció y notó que se le endurecían los pezones, aunque solo se habían rozado los labios. Se inclinó hacia él para caer a un excitante abismo sin fondo, que todavía no conocía del todo.

Rick la besó con mayor profundidad al tiempo que le introducía los dedos en el cabello y le sujetaba la cabeza por la nuca con la otra mano. Se besaron prolongadamente, sin conseguir saciarse el uno del otro.

Después Chiara imitó a Rick, que se estaba desnudando rápidamente, deseosos de acariciarse la piel desnuda. Cuando estaban en ropa interior, Rick la detuvo.

Ella lo miró. Era guapo, masculino y vital. Los fuertes músculos de su estómago, los brazos musculosos, las piernas poderosas, la excitación que presionaba la tela de los boxers... De repente, ella contuvo la respiración.

Él le bajó los tirantes del sujetador y se lo quitó. Tragó saliva.

—Chiara...

—Hazme el amor, Rick.

No hizo falta que se lo repitiera. La besó con pasión desatada y la atrajo hacia sí mientras ella le rodeaba el cuello con los brazos. Ella reaccionó con el mismo deseo que él, y notar su excitación contra su cuerpo aumentó su pasión.

Cuando se separaron, ella se quitó las braguitas y él hizo lo mismo con los boxers. Y cayeron al sofá, abrazándose con pasión desesperada.

Ella agarró la erección de Rick y comenzó a acariciarla. Estaba caliente, palpitante y rígida.

Él apartó la boca de la de ella y soltó el aire.

—Chiara, tenemos que ir más despacio o acabaremos antes de que...

—¿Antes de que el director grite «corten»? Aquí no hay director.

—Iba a decir antes de que estés satisfecha.

—¿Te preocupa que no esté a tu altura? —ella le llevó la mano a su centro húmedo y caliente, ya listo para él.

Él se quedó inmóvil durante unos segundos y después la tumbó sobre los cojines para penetrarla con una larga embestida que hizo gemir a los dos.

Ella arqueó la espalda para recibirlo.

Chiara siguió su ritmo, y la excitación fue creciendo y creciendo hasta que ella alcanzó el clímax con un grito ronco.

–Chiara –Rick gritó su nombre, gimió, se puso tenso y se derramó en su interior.

Se desmoronó sobre ella, que lo recibió en sus brazos.

La invadió una oleada de satisfacción, un sentimiento que, hasta entonces, le había resultado difícil de lograr.

Capítulo Nueve

Cuando el Range Rover de Rick se detuvo ante la casa, casi terminada, Chiara contuvo el aliento.

La sorpresa sustituyó los nervios por el encuentro con su padre, que llegaría al cabo de una hora.

La casa de Rick no era tal, sino un castillo de piedra gris con torreones. Le encantó.

Estaba tan absorta que Rick ya le había abierto la puerta antes de que ella pensara en bajarse. Observó que todavía quedaba mucho trabajo por hacer en el jardín, pero la impresión era, de todos modos, sensacional.

–¿Quieres echar un vistazo? –preguntó Rick cuando ella se hubo bajado del coche–. Estoy seguro de que habrás visto muchas casas impresionantes de gente famosa.

Pero ninguna con forma de castillo, se dijo ella.

–Estoy impresionada. Ya que tienes el castillo, ¿buscabas a una princesa de cuento?

Rick sonrió.

–Solo tú puedes contestar a eso, Blancanieves –la agarró del codo–. Vamos. Voy a enseñártela. Está acabada, salvo detalles menores.

El vestíbulo era aireado y soleado. Una escalera en curva conducía a los pisos superiores y por distintas puertas abiertas se veían otras partes de la casa.

Chiara siguió a Rick por la planta baja. La cocina, conectaba con un espacioso comedor. El inmenso salón estaba dividido en dos por una gran chimenea. La biblioteca, el cuarto de estar, dos cuartos de baño y dos trasteros completaban la planta baja. Lo único que faltaba eran los muebles para una familia.

Cuando regresaron al vestíbulo, Chiara miró la escalera que conducía a los pisos superiores.

Rick la miró con expresión burlona.

—Por si te lo estás preguntando, en el torreón principal hay un despacho. No he metido allí a ninguna princesa de cuento.

—¿A Rapunzel? Te has vuelto a equivocar de cuento. Recuerda que yo soy Blancanieves.

A pesar de las bromas, se sentía a gusto allí, como si estuviera en casa. Casi estuvo a punto de olvidarse de que iba a tener uno de los encuentros más significativos de su vida.

Se dijo que era actriz. Debía interpretar un personaje, un escudo, y obtener lo que quería sacar de aquel encuentro.

Como si le hubiese adivinado el pensamiento, Rick dijo:

—Tu padre y tú podéis reuniros en la biblioteca. Hay dos sillas y una mesita de café, de momento.

—Muy bien —¿por qué había dejado que Rick la convenciera? Sabía que había que enfrentarse a los dragones. Sin embargo, a ella no le hacía ni pizca de gracia tener la oportunidad de matar a uno de los suyos. Claro que ella no creía en caballeros ni en el príncipe azul, aunque, últimamente, le estaba costando mucho recordarlo.

Al oír que un coche se detenía, Rick dijo:

—Debe de ser él. Un chófer lo ha ido a recoger al hotel donde ha pasado la noche, después de llegar en avión de Las Vegas.

—Bien —consiguió decir ella, antes de carraspear.

Rick le escudriñó el rostro y la agarró por los hombros.

—¿Estás bien?

Ella esbozó una sonrisa deslumbrante, de esas que solía reservar para las cámaras.

—De maravilla.

Recuerda que eres ahora tú la que controla la situación, la que tienes la baraja.

—Que deje de jugar a las cartas es lo que pretendo conseguir.

—Lo siento, he elegido mal las palabras. Voy a salir a buscarlo y lo llevaré a la biblioteca.

—Muy bien.

Rick se metió las manos en los bolsillos y asintió.

—Vuelvo enseguida.

Cuando Rick se fue, Chiara se dirigió a la biblioteca. Y como no se le ocurría qué hacer, se puso frente a la puerta medio abierta y esperó.

Le llegó el sonido de voces que hablaban bajo e intercambiaban saludos. Unos segundos después, oyó pasos.

Michael Feran, su padre, entró en la biblioteca.

El corazón de ella comenzó a latir muy deprisa. No esperaba estar tan nerviosa. Era él quien debería estar tenso. Era él quien la había abandonado.

Hacía años que no lo veía en persona, pero los medios se habían asegurado de que no se olvidara de su aspecto. Deseó que pareciera un ludópata delgado, adusto y solitario, pero tenía buen aspecto. El cabello canoso le daba un aire distinguido, de candidato al papel de padre en un éxito de taquilla de unos grandes estudios.

—Chiara —sonrió—. Qué alegría verte.

Ella deseaba poder decir lo mismo, pero aquel encuentro era forzado.

Como ella no contestaba, él continuó.

—Me alegro de que hayas querido verme.

—Rick me ha convencido de que teníamos que vernos cara a cara.

Michael Feran volvió a sonreír.

—¿Cómo está el especialista?

Así que su padre había leído sobre ella en la prensa.

—Lo he conocido al entrar. ¿Es candidato a futuro yerno?

De repente, Chiara se dio cuenta de algo que la dejó sin aliento: se estaba enamorando de Rick; se había enamorado. Pero no habían hablado de que su falsa relación fuera a ser permanente. Apartó de sí ese pensamiento que se le había ocurrido con tremenda claridad, porque no podía soportar más emociones en aquel momento.

Se obligo a centrarse en Michael Feran.

—Estás provocando publicidad no deseada.

—Entiendo.

—¿Por qué hablaste sobre mí a ese periódico sensacionalista el año pasado? —era un transgresión imperdonable que añadir a la lista de sus pecados.

—Por dinero sería la respuesta fácil.

Ella esperó a que siguiera hablando.

Él suspiró.

–Bueno, la difícil es que quería llamar tu atención.

–Pues lo has conseguido –ella se cruzó de brazos.

No iba a ofrecerle asiento ni ella iba a sentarse. Michael Feran debía entender que aquello era una bienvenida poco entusiasta, que no le tendía una rama de olivo.

Él frunció el ceño.

–Probablemente no hice lo mejor. Aunque no te lo creas, fue la única vez que acepté dinero de un periodista.

–Supongo que porque necesitabas saldar tus deudas de juego.

Él pareció ofendido.

–Fue un error que no pienso repetir.

De eso ya iba a encargarse ella.

–Normalmente gano a las cartas lo suficiente para vivir.

–Desde luego –dijo ella en tono sarcástico–. Pero generas mala prensa.

–Chiara…

–¿Tienes idea de lo que significa para una niña pequeña despertarse preguntándose si su padre se habrá vuelto a marchar? –lo interrumpió ella, aunque no sabía por qué estaba siendo tan directa. Tal vez porque, sin darse cuenta, llevaba años esperando la oportunidad de reprocharle sus fechorías, como le había sugerido Rick.

–Chiara, sé que te hice daño. Por eso dejé de ir por casa cuando cumpliste cinco años. Creí que dejar de aparecer de repente era mejor que hacerte daño yendo y viniendo.

Lo decía como si le hubiera hecho un favor. Recordó cómo apostaban jugando cuando era una niña. «Te apuesto a que tiro esta piedra más lejos que tú. Te apuesto a que llego antes que tú a aquel árbol». Ni siquiera entonces, Michael Feran había sido capaz de dejar de apostar–. Abandonaste a tu esposa, a tu hija, tu hogar…

–No sabes lo que es abandonar a tu familia…

–Yo nunca lo haría.

–Pero te reinventas con cada nuevo personaje.

–Eso es actuar –primero, Rick; ahora, su padre. ¿No había ningún hombre en su vida que entendiera que ella se limitaba a fingir? Le gustaba actuar.

–Puedes convertirte en otra persona, perseguir tus sueños…

Desde luego, pero no iba a compadecerse de él.

–No puedo dar marcha atrás.

Ella respiró hondo.

–¿Por qué te fuiste la primera vez?

Nunca se había hecho esa pregunta a sí misma porque eso significaría que le importaba la respuesta. Y llevaba años diciéndose que no le importaba, años sin prestar atención a Michael Feran, llevando una vida glamurosa y asegurándose de presentar una imagen sin tacha, salvo porque su padre seguía manchándola.

Él la miró durante unos segundos y volvió a suspirar.

–Era un músico ambicioso y quería hacer realidad mis sueños. O eso creía.

Ella entendía lo referente a su carrera y su ambición, porque ¿no era eso lo que se había pasado la vida intentando conseguir? Le encantaba actuar, conoce el personaje y sumergirse en él. Pero ¿había llegado a conocerse a sí misma, antes de que Rick la convenciera de que se detuviera y se enfrentara a sus problemas?

—Tuvimos un éxito moderado haciendo de teloneros de grandes cantantes. Pero no triunfé como lo has hecho tú –dijo él con una nota de orgullo en la voz–. Has tenido más éxito que yo. Tal vez siempre hayas querido demostrar que podías tenerlo.

Ella volvió a quedarse helada ante sus palabras. ¿Su deseo de triunfar lo había motivado la necesidad de superar a su padre ausente? Nunca lo había considerado desde ese punto de vista, pero, no iba a reconocer nada, así que le dijo:

—No me conoces.

El rostro de Michael Feran adoptó una expresión de gravedad.

—No, no te conozco, pero me gustaría hacerlo.

—Como acabas de decir, no podemos dar marcha atrás.

—No –dijo él con tristeza.

—Tendrías que cambiar de actitud para que formáramos una familia.

Cuando lo oyó, su padre se animó. Su padre. Al observar su rostro, el parecido era innegable. Se vio en la textura de su cabello, la forma del rostro, la nariz aguileña…

Muy bien, se compadecía de él. Había hecho muy poco por ella desde su nacimiento, pero todavía había hecho menos por sí mismo. Tal vez fuera lo mejor que él no hubiera formado parte de su vida.

—Me gustaría intentarlo.

—Pues vas a tener que hacer algo más que intentarlo: vas a tener que lograrlo. Vas a ingresar en un centro para curarte de tu ludopatía —ella se sentía poderosa y aliviada. Había sido la niña impotente que veía a su padre marcharse sin saber cuándo volvería, suponiendo que fuera a hacerlo. Pero ahora era ella la que tenía la última palabra.

Estableció las condiciones.

—Voy a proponerte un trato. Ingresas en un centro que te ayude con tus problemas y accedes a dejar de protagonizar titulares de prensa. A cambio, yo cubriré los gastos. El trato se te presentará por escrito y lo firmarás.

Esa idea se la debía a Rick. Después de su última relación sexual, se habían sentado en el jardín a ver la puesta de sol. Rick le había demostrado que, además que un amante, era un compañero y un hábil negociador que la había ayudado a trazar un plan para el encuentro con su padre.

—¿Y si recaigo? —en los ojos de su padre había un destello de vulnerabilidad que ella no se esperaba.

—Volverás a rehabilitación todo el tiempo que haga falta.

Él se relajó y sonrió.

—Es una apuesta que estoy dispuesto a aceptar.

—Porque no te queda más remedio.

—Porque quiero mejorar, si eso implica relacionarme contigo, Chiara. Ya es tarde para contribuir a tu educación, pero tengo la esperanza de que podamos ser una familia.

Una familia. ¿No era eso lo que ella había anhelado al conocer a los Serenghetti? Y, ahora, su padre le ofrecía la posibilidad de establecer ese vínculo. Ahogada por la emoción, carraspeó.

—Muy bien, es un papel que estoy dispuesta a aceptar, pero te prevengo que espero una actuación de Oscar por tu parte, como miembro de una familia al que se le ofrece una segunda oportunidad.

Una expresión esperanzada apareció brevemente en el rostro de su padre, antes de que respondiera con brusquedad:

—Confío en que el gen de la actuación sea cosa de familia.

¿Problemas entre Chiara Feran y su novio? Fuentes cercanas a la pareja reconocen que conciliar sus carreras les causa estrés.

Chiara alzó la vista de la pantalla del móvil y miró a Odele que, a su vez, la miraba expectante. Era evidente que esperaba oír la opinión de Chiara sobre la página electrónica que ella le había dicho que crease.

Estaban tomándose un café en la cantina de los Estudios Novatus. Chiara había estado antes con Rick allí. Había comenzado la posproducción de *El orgullo de Pegaso*. Como actriz, no intervenía en el montaje de la película, pero, como Rick era uno de los productores, lo había acompañado cuando él le había dicho que le interesaba ver a Dan para saber cómo iba todo. Después, ella había ido a la cantina a esperar a Odele para hablar de negocios.

—Bueno, ¿qué te parece? —preguntó Odele indicando con un gesto de la cabeza el móvil que Chiara seguía teniendo en la mano.

—¿Le has pasado esta historia a los blogs de cotilleo?

Odele asintió.

—Necesitaba un modo de dar a entender la posibilidad de que tu romance con Rick finalizara, ahora que tu padre está rehabilitándose.

—Sigue sin caberme en la cabeza que no supieras que Rick era un acaudalado productor.

Odele se encogió de hombros.

—Reconozco que es astuto. Yo creía conocer a todo el mundo en esta ciudad, pero se me debe perdonar que no conozca a todos los inversores silenciosos de una productora. Cuando me hablaste de la casa que se había construido en Beverly Hills, me di cuenta de que debería haberle seguido la pista.

—No hace falta que nos apresuremos a dar por concluida la historia entre Rick y yo, ¿verdad?

Odele estaba en lo cierto. Ella ya no tenía que preocuparse de que su padre apareciera en la portada de los periódicos, y debía agradecerle a Rick la ayuda que le había prestado a tal fin. Pero eso implicaba que ya no lo necesitaba. ¿Y no era el propósito de su falsa relación desviar la atención de la publicidad negativa que generaba su padre?

—No tenemos que apresurarnos, pero la previsión no está de más. Hay que dejar caer algunos comentarios de que tal vez no seáis felices y comáis perdices. Así, cuando la historia acabe de verdad, no parecerá un final brusco, sino un suave golpe.

«¿Para quién?» Chiara se contuvo para no hacer la pregunta, aunque no sabía si Odele se refería a ella o a su imagen pública. ¿Acaso importaba?

Ambas estaban entrelazadas. Al fin y al cabo, lo de Rick y ella no era una relación, sino una historia.

—¿Ha visto Rick este titular?

Odele se ajustó las gafas.

—Desde luego. Lo ha visto antes, cuando no estabas tú. Él conoce el guion. Lo conoce desde el principio.

Chiara palideció y miró la taza de café. Así que él lo había visto y, a juzgar por la expresión de Odele, no se había alterado. Sabía cuál era el trato.

Chiara vio con claridad el camino que tenía delante. Si ella daba el primer paso para romper, la reputación de Rick ni siquiera se vería dañada. Sabía cómo funcionaban esas cosas. Se publicaría una explicación para salvar la cara. Incluso se imaginaba el titular: *Blancanieves y el príncipe siguen cada uno su camino.*

Le haría a Rick un favor. Él no quería verse atado a una actriz. Podía saludar y retirarse detrás del telón para continuar con su vida agradable y tranquila en su propiedad de Los Ángeles.

Pero los dos necesitaban hablar. Pronto. Inmediatamente. Antes de que ella se desmoronara o se hundiera aún más en el cálido capullo de aquella relación, donde estaba su amor. Pero ¿qué había de él en la relación? No le había dicho que la quería. Se le encogió el corazón y parpadeó ante la repentina emoción que la embargaba.

Era muy buena actriz: podría hacerlo.

Miró el reloj. Había quedado allí con Rick cuando él acabara. Y ahora tenía muchas cosas que decirle.

Se obligó a seguir hablando con Odele. Veinte

minutos después, su mánager se marchó porque tenía una reunión. Chiara respiró aliviada, pero se puso nerviosa mientras esperaba a Rick.

Al cabo de un cuarto de hora, entró. Parecía relajado y contento. Y tan atractivo como siempre, con sus pantalones grises y su camisa blanca.

Chiara tragó saliva cuando él le dio un rápido beso en los labios.

Se sentó frente a ella y se recostó en la silla.

—¿Cómo te ha ido con Dan? —preguntó ella.

—Bien. Estaba el montador y hemos hablado de los planes para la versión preliminar —sonrió—. Dan te está agradecido por no haber tenido que hacer muchas tomas de cada escena y haber cumplido el plan de trabajo. Parece que todo va muy bien y que, con un poco de suerte, eso se reflejará en la taquilla.

Hablaron durante unos minutos del trabajo de posproducción. Cuando hicieron una pausa, Chiara la aprovechó para decir:

—Debes de sentirte aliviado —él la miró sin comprender—. Por lo último que Odele ha contado a la prensa.

—Me da igual lo que haga Odele con la publicidad.

Ella se sorprendió, aunque él siempre había estado en contra de la publicidad.

—Muy bien, pero tenemos que hablar, ya que la razón por la que nos emparejamos ha dejado de existir.

Ella deseaba… ¿qué? ¿Qué hincara una rodilla en tierra y le jurara amor eterno? Siempre había dicho que no creía en los cuentos de hadas.

–Gracias por ayudarme a resolver lo de mi padre. Le encanta la idea de que nos hayamos unido para luchar contra su adicción. A Odele también le gusta, claro. Cree que sería una buena forma de convertir una historia negativa en positiva.

Rick bajó la cabeza con expresión de recelo.

–Sí, muy bien.

–Pero ahora que el problema de mi padre ha desaparecido, no tenemos que continuar con esta farsa.

¿Había dicho «farsa»? Quería decir...

–Ya –la expresión de él se había endurecido.

–¿No estás de acuerdo?

–Sigues siendo la niña temerosa de que la abandonen.

–Por favor, sé dónde quieres ir, y no es verdad –no temía el abandono. Era una mujer adulta que temía que le partieran el corazón. De hecho, ya lo tenía partido, porque estaba enamorada de Rick, que no quería tener nada que ver con una actriz.

Sin embargo, ¿no era su aguda perspicacia lo que la encantaba de él? Además de su sentido del humor, su inteligencia y su osadía. Eran cualidades que admiraba, aunque a veces la hicieran sentirse incómoda o la pusieran furiosa.

–¿Y tu entusiasta admirador? –preguntó Rick.

–Eso es mi problema.

–Y mío.

–¿A qué te refieres? –preguntó ella frunciendo el ceño.

–A que mi papel no ha sido solo el de novio, sino también asegurarme de que estuvieras a salvo.

–¿Te contrató Odele?

–No le hizo falta. ¿Sabes cuánto dinero he invertido en la película? Tenía motivos suficientes para querer mantener a salvo a su talento principal.

Esas palabras fueron para Chiara como un golpe en el pecho. Todas aquellas caricias, besos y motivación habían sido...

–Me has mentido.

No, sabías que yo era tu falso novio.

–Y un canalla.

–¿Te ofende que yo también tenga motivos ocultos en este juego?

Sí, había sido un juego; y ella, una estúpida por olvidarlo.

–Me molesta que no me dijeras toda la verdad. Al menos, yo sí tenía claros mis motivos.

–Sí, y no estás dispuesta a confiar en ningún hombre, ¿verdad?

–¿Estaba Odele al tanto de eso?

–Puede que habláramos de que a todos nos interesaba que yo te vigilara.

–A todos menos a mí –dijo ella con amargura.

–También a ti, aunque eres demasiado obstinada para reconocerlo.

A ella se le encogió el corazón. ¿Era verdad todo lo que le había susurrado en los momentos de pasión o resultaba que se había topado con el mejor actor del mundo?

¿Cómo se había vuelto tan seria la conversación tan deprisa? Ella quería hablarle de la farsa que habían montado y darle una salida, que esperaba que él no aceptara. En lugar de eso, se sentía por los suelos y se preguntaba si había entendido a Rick alguna vez.

Reunió fuerzas y alzó la barbilla.

–Deberías estar contento de que te devuelva la libertad. Nunca dijimos que esto fuera a ser para siempre, y a ti no te gusta la fama ni salir con una actriz, aunque sea mentira.

Él apretó los dientes, pero tardó unos segundos en contestar.

–Tienes razón, la fama no es lo mío –se pasó la mano por el cabello–. Debería haber aprendido la lección con Isabel.

Chiara se contuvo para no hacer una mueca. En cierto modo, lo entendía. Lo último que el ego de algunas estrellas podía soportar era estar a la sombra de otro. Había famosos que se negaban a salir con otros famosos por ese motivo. De todos modos, le dolió. Ella no iba en busca de la fama. Si no podía enamorarse de una persona famosa, y a alguien que no lo fuera le desanimaba su fama, ¿quién quedaba? ¿Tendría que conformarse con una breve aventura con un especialista con aspectos ocultos? ¿Era eso todo lo que se merecía?

Alzó la barbilla, dispuesta a mostrarse firme.

–Lo mejor será que te vayas de mi casa. Nos vendrá bien a los dos darnos espacio –decidió repetir lo que le había dicho Odele–. Así, cuando anunciemos la ruptura, no será una sorpresa.

La expresión de Rick se endureció.

–No te olvides de comunicárselo a la prensa.

Capítulo Diez

Chiara se miró en el espejo del cuarto de baño. Había transcurrido un mes desde la ruptura con Rick. Un mes triste y deprimente, en el que no había ocurrido nada... hasta ese momento.

Miró la varilla que tenía en la mano. No había posibilidad de malinterpretar las dos líneas; dos líneas que le cambiarían la vida. Estaba embarazada.

Resultaba paradójico que hubiera estado luchando para conciliar su carrera con su deseo de formar una familia. Ahora la decisión la habían tomado por ella.

Mientra tiraba la varilla a la papelera, pensó en la última vez en que Rick y ella habían tenido relaciones sexuales.

Había descubierto recientemente que había expulsado el anillo anticonceptivo. Probablemente se habría desprendido durante una relación y después habría caído al váter sin que se diera cuenta. Preocupada por su ruptura con Rick, no le había dado mucha importancia. Pero ahora...

Se volvió a mirar al espejo mientras se lavaba las manos. No se notaba ninguna diferencia... todavía.

Llevaba años intentando no quedarse embarazada, ya que debía ocuparse de su carrera.

Sin embargo, aunque las circunstancias no eran

las mejores para tener un bebé, tampoco eran las peores. Tenía treinta y pocos años, era económicamente independiente y poseía una carrera establecida. Siempre había querido tener un hijo y, de hecho, había comenzado a preocuparse por cuándo podría hacerlo. Al final, se había producido de un modo que no había planeado ni previsto. La familia Serenghetti la atraía, y ahora estaba embarazada de un nuevo miembro. Si las cosas fueran distintas, si Rick la quisiera, en ese momento se sentiría inmensamente feliz. Se apoderó de ella el vértigo: un bebé.

Entró en el dormitorio y se sentó en la cama. Respiró hondo para tranquilizarse. Después descolgó el teléfono, y volvió a colgarlo. Tenía que decírselo a Rick, por supuesto, pero necesitaba tiempo para asimilar la noticia.

Se levantó y bajó a la cocina para mirar lo que había en la nevera. Volvió a subir y miró el teléfono.

Cuando no pudo soportarlo más, llamó a Odele y se lo contó todo.

Esta se lo tomó con una calma sorprendente.

—¿No te das cuenta de que no podré rodar otra película de acción estando embarazada? —preguntó Chiara. Creía que destrozar la propia carrera era el mayor pecado en la lista de Odele.

—De todos modos, querías dejar de hacerlas.

—Es verdad.

—¿Cómo ha reaccionado Rick?

—Todavía no se lo he dicho. Estoy pensando cómo hacerlo.

—Pues, buena suerte, cariño. Y recuerda que siempre es mejor agarrar el toro por los cuernos.

—De acuerdo. Pero es que… —respiró hondo—. No estoy segura de estar preparada para llamarlo.

—Siempre estaré a tu lado para lo que necesites.

—Gracias, Odele.

Al día siguiente, Chiara no estaba precisamente tranquila, pero había canalizado el tumulto de sus emociones. Fue a la consulta de su ginecóloga. Le habían dado cita temprano, después de que se produjera una anulación.

No entró en detalles con la persona que la atendió al teléfono. Sabía lo jugoso que resultaba cotillear sobre una actriz embarazada, y a veces, a pesar de las leyes de confidencialidad, el personal médico se iba de la lengua. Se puso gafas de sol y un pañuelo en la cabeza para la cita, porque los paparazzi sabían que rondando por las consultas médicas podían conseguir una exclusiva o una buena foto.

La doctora Phyllia Tribbling le confirmó que estaba embarazada y le aseguró que todo iba bien. Le dijo que volviera al cabo de unas semanas.

Chiara se sintió más tranquila después de haber visto a la doctora.

Pasó el resto del día buscando en Internet información sobre el embarazo. No se atrevía a ir a una librería, por si la veía algún periodista. Así que se quedó en casa y se acostó un rato.

Cuando se despertó, ya era tarde. No sintió náuseas. Se preparó una ensalada y un vaso de agua. Fue al cuarto de estar, se sentó en el sofá y dejó la comida en la mesa de centro.

Tomó unos bocados antes de mirar las noticias en el móvil.

Cuando halló un titular que hablaba de ella, tardó unos segundos en entenderlo. Después, estuvo a punto de desmayarse.

¡*Chiara Feran, embarazada!*

Leyó el artículo y, después, con manos temblorosas, llamó a su mánager.

—Odele, ¿cómo ha llegado esa información a la prensa?

—Probablemente te hayan visto saliendo de la consulta del médico, cariño —contestó Odele sin alterarse—. Ya sabes que a los paparazzi les gusta apostarse ante las consultas de los ginecólogos de las actrices.

—¡Acabo de volver de allí! Ni siquiera las páginas electrónicas de cotilleo trabajan tan deprisa. Debería haberme puesto una peluca.

—No creo que eso hubiera servido para nada —observó Odele en tono seco—. Lo que hubiera servido, para empezar, habría sido no haberte quedado embarazada.

Chiara entrecerró los ojos.

—No habrás sido tú la que lo ha contado, ¿verdad?

—No.

—¿Y no le aconsejaste a nadie que fuera a la consulta del médico?

—Eres muy suspicaz.

—¿Lo hiciste?

—Puede que haya dicho que la doctora Tribbling está muy ocupada últimamente.

—¿Cómo has podido, Odele?

—¿Por qué no llamas a tu especialista y le dices que no es estéril?

–¿Por qué? –Chiara estaba a punto de romper a llorar. Lo había hecho tantas veces en la pantalla que sabía cuándo se acercaba el momento.

–Será mejor que acabemos con el rumor de que has roto con Rick. De otro modo, tendremos que apagar fuegos durante meses. A la prensa le encanta las historias de jóvenes embarazadas desdeñadas y solas.

Chiara respiró hondo.

–Rick y yo hemos roto. Y punto.

–No para la prensa. Les encantará unir vuestros nombres con tinta real y virtual.

–Que es lo único que importa, ¿verdad?

–No –Odele suspiró–. ¿Por qué no hablas con él? La realidad y la percepción pública pueden alinearse.

Chiara respiró hondo y tragó saliva.

–Estás despedida, Odele.

Era algo que nunca pensó que diría, pero estaba harta de que la manipularan, del escrutinio público, de Hollywood y, en efecto, de un especialista en concreto.

–Estás alterada, y eso no es bueno para el bebé. Date tiempo para pensarlo.

–Adiós, Odele.

Sí, se calmaría, pero después de romper a llorar.

Rick escupió el café matinal. El líquido caliente salpicó el cuenco con cereales.

Se jactaba de ser imperturbable. Tener la cabeza fría y nervios de acero eran fundamentales en el trabajo de un especialista, sobre todo cuando sucedía algo inesperado. Pero, como con todo lo relacionado con Chiara, la sensatez y el sentido común salían volando por la ventana.

Echó una ojeada alrededor del piso de alquiler de Hollywood, que seguía siendo su hogar desde que Chiara lo había echado de su casa, ya que la mansión de Beverly Hills aún no estaba acabada. La lluvia que golpeaba las ventanas se adecuaba a su estado de ánimo; mejor dicho, al del resto de su vida, que se extendía ante él como una línea gris. Estando con Chiara experimentaba las mismas descargas de adrenalina que cuando rodaba una escena peligrosa, lo que probablemente explicara la tristeza de los días desde la ruptura.

Pero Chiara estaba embarazada.

Rick pasaba del júbilo al estado de shock. Un hijo. De Chiara y suyo. Iba a ser padre.

Él quería tener hijos, desde luego, aunque nunca había pensado cómo sucedería. Tenía treinta y tres años y llegaría el día en que sería viejo para el trabajo de especialista. Su vida cambiaría. Suponía que conocería a una mujer, se casarían y tendrían hijos. Pero no había previsto tener una falsa relación con una actriz que lo sacaría de sus casillas y que se quedaría embarazada.

Ese día había llegado, aunque no debería haber sucedido así, dejando embarazada a una famosa actriz, cuando ni siquiera estaban casados ni vivían juntos ni habían hablado de una relación permanente.

Chiara le enfurecía y le divertía. Juntos, estaban bien. Incluso había pensado que la relación se dirigía hacia… Daba igual. Ella le había dejado claro que él había cumplido su cometido y ya no tenía ningún papel en su vida.

Sin embargo, ahora, tanto si le gustaba a ella como si no, había sitio para él, ya que estaba embarazada.

Se preguntó si aquello sería un truco publicitario, pero desechó la idea. Sabía que Chiara era una persona íntegra.

No obstante, no había tenido la decencia de contárselo. Su familia habría visto la noticia en Internet y en la prensa, como todo el mundo. Y él parecería un idiota. «Acaba de romper con su novia y esta anuncia que está embarazada», era lo que todos pensarían. «Tal vez la dejara porque había un bebé sorpresa».

Tenía que hacer una cosa, y no iba a esperar a que lo invitaran. Todavía tenía el código de entrada de la verja de Chiara, a menos que lo hubiese cambiado.

Agarró la cartera, las llaves y el móvil y se dispuso a salir. Esa mañana se había levantado de mal humor y sintiéndose mal, que era más o menos lo que le sucedía desde que Chiara y él habían roto. Pero eso había sido antes de saber que se había convertido en la comidilla de sus vecinos, que consumirían con el café matinal.

Lanzó una maldición. De estar malhumorado había pasado a estar furioso.

Llegó a casa de Chiara en un tiempo récord, con la adrenalina circulándole a toda velocidad por las venas. Sabía por experiencia profesional que debía respirar, tranquilizarse, pensar con claridad…

Pero ¡un hijo! Y ella no se lo había dicho.

Cuando llegó a la puerta de entrada, recuperó la sensatez y se detuvo a llamar a Chiara por teléfono. Lo único que le faltaba era que ella creyera que se trataba del acosador.

—Soy Rick. Voy a entrar —anunció cuando ella respondió. Cortó la llamada sin esperar respuesta.

Cuando llegó a la casa, la puerta estaba abierta, y entró.

Chiara estaba en la cocina. Vestía un jersey que le quedaba muy grande y unos *leggings*, y tenía una taza en la mano.

La mirada de él se detuvo en su vientre, antes de volver a mirarle el rostro. No se le notaba aún, pero parecía cansada, como si no hubiera dormido bien. Él se contuvo para no abrazarla.

—Supongo que me has abierto la puerta después de haberte llamado y que no se trata de una invitación a tu ferviente admirador —era un suave reproche, mucho menor de lo que le quería decir.

Ella dejó la taza.

—¿Tú qué crees?

—Estás embarazada.

Chiara palideció.

—Me he enterado de la noticia como todos los demás.

—No he tenido tiempo de llamarte antes —se retorció las manos—. La noticia se ha publicado muy deprisa.

—Podías haberme llamado cuando la prueba de embarazo dio positiva.

—Quería estar segura. Ayer fui al médico.

—¿Cómo ha podido ocurrir? —le espetó él.

Ella enarcó las cejas.

–Creo que lo sabes.

–Sí.

–El anillo anticonceptivo que llevaba se debió de caer accidentalmente y no lo noté. No le di importancia cuando me di cuenta –se encogió de hombros–. Siempre he querido tener hijos, aunque supongo que va a suceder antes de lo esperado.

Él se sintió inmensamente aliviado al oírla. Ella quería tener aquel hijo, pero el fallo del método anticonceptivo había tenido consecuencias.

–Vas a anunciar que seguimos juntos.

–¿Por qué?

–¿Por qué? Porque no quiero quedar como un idiota ante todos. Por eso.

–¿Ese es el motivo? –parecía desconcertada y dolida.

–¿No has sido tú hasta ahora la que estaba tan preocupada por la imagen pública? Tal vez este embarazo sea otro truco publicitario.

Ella lo miró sorprendida y ofendida.

–¿Qué?

–¿Me vas a decir que no ha sido Odele quien ha filtrado la noticia?

–¡Yo no sabía nada!

–De todos modos, da igual. Vamos a empezar a actuar y a fingir como no lo habíamos hecho hasta ahora. Seremos la feliz pareja que espera un hijo con alegría.

Ella alzó la barbilla.

–No necesito tu ayuda.

Él sabía que Chiara tenía recursos, pero eso no venía al caso.

Cariño –dijo con ironía–, la vas a tener, tanto si la quieres como si no.

–¿O qué?

–U Odele necesitará medicarse para enfrentarse al incendio que voy a provocar en los medios de comunicación.

–¿Y después nos casaremos en Las Vegas? –preguntó ella con sarcasmo–. Tendré que volver a contratar a Odele, la he despedido.

–Lo que sea.

Ella levantó las manos.

–Es ridículo. ¿Cuánto tiempo tienes pensado que dure?

Hasta que decidiera cuáles serían los siguientes pasos. Estaba ganando tiempo.

–Hasta que no parezca que soy un perdedor que ha abandonado a su novia en cuanto se ha enterado de que estaba embarazada.

Rick deambulaba por la biblioteca casi vacía de su nueva casa. Se pasó la mano por el cabello mientras miraba por la ventana la luz del sol que bañaba su nueva propiedad. Acababa de estar con un paisajista, con el que había recorrido el terreno que había que ajardinar.

¿Y todo para qué? Había comprado y renovado aquella casa como inversor, pero ahora le parecía insignificante, porque quien verdaderamente le importaba estaba al otro lado de la ciudad, embarazada de su hijo.

Su mirada se posó en los dos sillones tapizados. Había conseguido el alto el fuego entre Chiara y su padre, pero no sabía cómo salir del agujero en que se hallaba metido, salvo presionando a Chiara, como había hecho esa mañana, y ordenándole que volvieran a estar juntos hasta que decidiera qué hacer. Y después, ¿qué?

Le sonó el móvil y lo sacó del bolsillo.

—Rick —la voz de su madre sonó fuerte y clara.

Él no había mirado quién lo llamaba. No había pensado qué decir a su familia, pero había llegado el momento de enfrentarse a la situación.

—He leído que voy a ser abuela, pero sé que no es verdad. Mi hijo me hubiera comunicado la buena noticia. Le he dicho a Paula, la peluquera, que no haga caso de los rumores, que yo sé la verdad.

—Yo acabo de enterarme, mamá.

Su madre masculló algo en italiano.

—¿Así que es cierto? Enhorabuena. Me resulta increíble. Primero, la boda sorpresa de Cole; ahora, un hijo tuyo por sorpresa.

—Todavía puedes confiar en Jordan y Mia —cabía la posibilidad de que sus dos hermanos siguieran un camino más tradicional.

—No, no. Estoy muy contenta por lo del niño —parecía emocionada—. Pero basta de sorpresas, ¿de acuerdo?

—Me parece muy bien —porque él se había llevado ese día la sorpresa de su vida.

Al finalizar la llamada, mandó un mensaje a sus hermanos.

Agarraos: el rumor es cierto.

Sabía que tendría que esquivar preguntas hasta decidir qué hacer. Se iba a volver a meter el móvil en el bolsillo cuando sonó de nuevo.

–Rick.

–¿Qué se te ofrece? –Rick reconoció la voz y, dadas las circunstancias, el padre de Chiara era la última persona con la que quería hablar.

–Es extraño lo que voy a pedirte.

–Suéltalo –las palabras le salieron más duras de lo que pretendía, pero llevaba un día infernal.

Michael Feran carraspeó.

–No consigo ponerme en contacto con Chiara.

–¿Qué has hecho, Michael?

–Nada. La he llamado a las once, la hora en que habíamos quedado que hablaríamos.

Rick sabía que ella había decidido ponerse en contacto periódicamente con su padre, ahora que le pagaba las facturas.

–No ha respondido nadie.

–Iba a salir y no estoy lejos de su casa. Voy a pasarme –no examinó sus motivos. Michael Feran le había dado otra excusa para ver a Chira y quizá, esa vez, el encuentro fuera más satisfactorio.

Además, ella estaba embarazada. Tal vez tuviera problemas.

–Muy bien –el anciano parecía aliviado–. Y supongo que debería felicitarte.

–Y yo a ti.

–Gracias. Acabo de recibir una invitación para volver a ser padre. No esperaba que ser abuelo formara parte del trato. Al menos, no tan pronto.

–Estoy seguro– respondió Rick en tono cortante–. Pero cada cosa a su tiempo. Voy a ver cómo está la futura madre.

Por segunda vez ese día, Rick salió a toda prisa para dirigirse a casa de Chiara .

Seguro que estaba bien. Tenía que estarlo. Probablemente padeciera molestias por el embarazo y no tuviera ganas de hablar con su padre. Mientras tanto, él tendría una nueva oportunidad de enderezar la situación entre ellos.

«Cásate conmigo». Esas palabras le surgieron de improviso en el cerebro, pero eran las correctas; correctas, naturales y lógicas.

Se puso al volante del Range Rover. Por suerte, había poco tráfico y llegó antes de lo esperado.

La llamó de nuevo, pero ella no contestó, así que marcó el código de seguridad de la verja de entrada.

Poco después, se detuvo ante la casa y vio que el coche de ella estaba allí. ¿Por qué no respondía al teléfono?

Al ver que la puerta del patio estaba abierta, se dirigió hacia ella, pero se quedó inmóvil porque observó que había cristales rotos en el suelo.

Entró en la casa e inmediatamente notó que había alguien allí. Vio el reflejo de un hombre en el espejo del vestíbulo. El intruso se hallaba agachado en la habitación de al lado.

Rick echó a correr. Sería una suerte que fuera un ladrón, pero por lo que había visto en el espejo, el tipo se parecía al acosador de Chiara.

Chiara salió del cuarto de baño de su dormitorio y se dirigió al vestidor. Se puso la ropa interior y la ropa de hacer gimnasia.

Acababa de darse una ducha para relajarse y pensaba darse otra después de hacer ejercicio. La ginecóloga le había dicho que podía hacerlo de forma moderada durante el primer trimestre.

Bajó al piso inferior para ir al gimnasio y miró por la ventana. El cielo estaba cubierto, lo cual se adecuaba a su estado de ánimo. Incluso el tiempo parecía dispuesto a verter lágrimas.

De repente vio correr a un hombre agachado por el césped. Se acercó a la ventana con el ceño fruncido. No esperaba a nadie. Tenía un servicio de limpieza que acudía de forma regular y un jardinero que iba una vez por semana. La casa estaba rodeada de una alta verja y había cámaras de vídeo, un sistema de alarma y un código de seguridad para abrir la puerta del jardín. Aunque ya no tenía guardaespaldas.

¿Cómo había entrado aquel hombre?

Mientras Chiara lo observaba, el hombre dobló una de las esquinas de la casa y desapareció de su vista. Unos segundos después, Chiara oyó que algo se rompía. Corrió al gimnasio y cerró la puerta con llave.

Se dio cuenta de que se hallaba en peligro. La ropa que llevaba no tenía bolsillos, por lo que había dejado el móvil en el piso de arriba. Tampoco tenía teléfono fijo en el gimnasio, porque no le parecía necesario. El gimnasio se hallaba en el primer piso y daba a un empinado terraplén. Estaba atrapada.

Oyó que alguien se movía dentro de la casa. Lo mejor era no hacer ruido y esperar que el intruso no mirara allí, al menos de forma inmediata, mientras ella pensaba qué hacer. Si el hombre subía al piso de arriba, tal vez pudiera salir corriendo y llamar a la policía.

Oyó que un coche se detenía ante la puerta de entrada y estuvo a punto de sollozar de alivio. Quienquiera que fuera tenía que saber cuál era el código de la puerta del jardín. El corazón estuvo a punto de salírsele por la boca. ¿Sería Rick?

Él no sabía que había un intruso que podía herirlo o matarlo. Tenía que avisarlo.

Unos segundos después, voces airadas se oyeron dentro de la casa, pero ella no consiguió entender lo que decían.

—Chiara, si estás aquí, no te muevas —la voz de Rick le llegó desde la parte de atrás de la casa.

Oyó que los dos hombres se peleaban.

Sin hacer caso de lo que le había dicho Rick, abrió la puerta del gimnasio y salió disparada en dirección al ruido. Cuando llegó al cuarto de estar, el corazón se le desbocó al ver que Rick y Todd Jeffers se estaban pegando y, aunque Rick parecía llevar las de ganar, su contrincante no parecía dispuesto a rendirse.

Miró a su alrededor buscando algo para ayudar a Rick. Agarró una pequeña escultura de mármol que había en una mesita. Se acercó a los dos hombres. Mientras el acosador se tambaleaba antes de volver a enderezarse, ella lo golpeó en la cabeza.

Jeffers volvió a tambalearse, antes de caer de rodillas. Rick le pegó con la rodilla en la barbilla y el acosador cayó hacia atrás y se quedó inmóvil.

Rick, por fin, la miró. Jadeaba y sus ojos lanzaban chispas.

—¡Maldita sea, Chiara, te dije que no salieras!

A pesar de lo asustada que estaba, no se achantó ante él.

—De nada —miró al hombre a sus pies—. ¡Cielo santo! ¿Lo he matado?

—No es probable que esté en el cielo —dijo Rick con desdén.

—¿Así que lo he matado?

Rick se agachó para examinar a Jeffers y negó con la cabeza.

—No, se ha desmayado.

Ella se apresuró a descolgar el teléfono, aunque lo que quería hacer era vomitar, ya que sentía unas repentinas náuseas.

—Voy a llamar a la policía.

—¿Tienes una cuerda o algo con lo que podamos atarlo? Está inconsciente, pero no sabemos cuánto tiempo lo estará.

Ella le entregó el auricular, con manos temblorosa. Mientra Rick hacía la llamada, corrió a buscar el cordel que utilizaba para envolver regalos. Era lo único que tenía.

Al cruzar la casa notó que algunas fotos enmarcadas habían cambiado de sitio, como si el acosador se hubiera detenido a mirarlas, y que parte de su ropa estaba revuelta. Se estremeció. Era probable que, gracias a la obsesión de Jeff con sus cosas, le hubiera dado tiempo a esconderse en le gimnasio hasta la llegada de Rick.

Capítulo Once

Chiara se sentó en el cuarto de estar e intentó tranquilizarse. Todd Jeffers iba camino de la cárcel por haber violado la orden de alejamiento al trepar por la verja de su casa aprovechando que la alarma no estaba conectada y que ella no había prestado atención a las cámaras de vídeo. Además, había entrado sin permiso en una propiedad privada. Gracias a Rick, todo el peso de la ley caería sobre él.

Mientras Rick acompañaba a los policías que quedaban a la puerta, ella llamó a Odele. Necesitaba que alguien se ocupara de la inevitable atención que aquello despertaría en los medios. A pesar de que la había despedido, Odele era como de la familia, y no había nada como el contacto con la violencia y el peligro para limar asperezas.

Contó a su mánager lo sucedido. Odele le dijo que iría inmediatamente, tanto para que le diera todos los detalles, como porque había notado que Chiara necesitaba un hombre en el que apoyarse.

Rick no se lo había ofrecido. Seguía furioso.

Chiara sabía que había sido una suerte que Rick hubiera llegado en el momento oportuno. Ella estaba en la ducha cuando la había llamado su padre y este, como no contestaba, había llamado, preocupado, a Rick. Michael Feran no había hecho nada por ella hasta ese día, en que probablemente le había salvado la vida. Haberse olvidado de la hora prefijada en que su padre la llamaría había sido un golpe de suerte, porque el intruso había entrado en la casa unos minutos después.

Cuando Rick entró, Chiara se abrazó con fuerza y se sentó en el sofá.

Ella no había visto nunca aquella expresión en el rostro de él, ni siquiera en medio del rodaje de una escena peligrosa. Estaba furioso, y Chiara se preguntó cuánta de esa furia iba dirigida contra ella.

—Gracias —consiguió decir Chiara con voz débil.

—¡Maldita sea, Chiara! —Rick se pasó la mano por el cabello—. Te dije que aumentaras las medidas de seguridad.

—Te tenía a ti. Todavía no he tenido tiempo de sustituirte.

—¿Que no has tenido tiempo? ¡La orden de alejamiento llevaba vigente semanas!

Ella se levantó.

—Es difícil encontrar a un especialista sarcástico y dispuesto a aceptar el trabajo de guardaespaldas y falso novio.

—¡Pues has estado a punto de conseguir un esposo no deseado! Según la policía, tu Romeo había elegido la fecha de la boda y escrito un anuncio de boda antes de presentarse hoy aquí.

A Chiara se le erizó el cabello en la nuca. Por ser famosa, había tenido fervientes admiradores, pero nadie tan repulsivo como aquel.

—No me sueltes un discurso.

Estaba frustrada, abrumada y cansada. Casi temblaba de miedo. Necesitaba consuelo, no los reproches de Rick. Era demasiado.

—Debemos resolver esto.

Ella alzó la barbilla.

—El acosador está en la cárcel. Es otro motivo por el que ya no te necesito.

Pero no era así. Lo quería, pero él no le había ofrecido nada a cambio, y ella no podía mantener una relación basada en el engaño, dirigida a la prensa, ni la falsa imagen de una pareja feliz que esperaba su primer hijo. Quería amor verdadero.

Rick se metió las manos en los bolsillos.

—Muy bien, no me necesitas. No necesitas a ningún hombre, ya lo he entendido. Aunque tu padre haya vuelto a tu vida, siempre te defenderás sola.

Ella no dijo nada, aunque, mentalmente, se repetía el discurso que querría oír de él: «Te quiero. No puedo vivir sin ti. Te necesito».

—Los dos estamos atrapados representando este drama. Se acerca el día de la presentación a la prensa de *El orgullo de Pegaso* y no debemos ser nosotros la noticia, sino la película. Me volveré a mudar a tu casa hasta que la mía esté lista. Promocionaremos la película y, después, nos retiraremos hasta que nazca el niño. Y, en lo que se refiere a la prensa, todo el tiempo seremos Chiara y Rick, la feliz pareja que espera un hijo.

—Entiendo.

Lo único que evitó que dijera algo más fue que Odele entró por la puerta principal.

—¡Ay, cariño! —exclamó.

Chiara la miró como si se sintiera muy desgraciada y luego miró a Rick.

–Me alegro de que estés aquí porque Rick estaba a punto de marcharse para hacer las maletas. Se muda de nuevo a mi casa.

–Volveré pronto –dijo él.

Ella soñaba con que volvieran a vivir juntos, pero no de aquel modo.

En su piso de alquiler, Rick miró a su alrededor preguntándose qué más meter en la maleta.

Aunque hubieran detenido al acosador de Chiara, él seguía notando que su salud mental corría serio peligro. Se enorgullecía de ser un hombre tranquilo e inalterable, con nervios de acero en el rodaje de escenas peligrosas. Pero no había calma alguna en su relación con Chiara.

–Así que el primer nieto de los Serenghetti ha venido por sorpresa –Jordan negó con la cabeza mientras sellaba una caja con papel celo–. Mamá debe de estar loca de alegría.

Jordan estaba en la ciudad, así que había ido a echar una mano a Rick con el equipaje. El pequeño salón estaba lleno de cajas.

–Lo último que sé de ella era que estaba probando tres recetas nuevas –Rick sabía que su madre se libraba del estrés cocinando.

Habría deseado que la noticia hubiera salido a la luz de otro modo, pero, si Chiara decía la verdad, no había sido culpa suya.

Jordan volvió a negar con la cabeza.

–Por supuesto que mamá se dedica a cocinar. Primero, Cole se casa de forma inesperada; después, resulta que vas a tener un hijo igualmente inesperado. Lo más probable es que ella se pregunte qué ha fallado en su receta de ser madre, si se ha olvidado de algún ingrediente.

—Muy gracioso —dijo Rick en tono seco—. Tiene otros dos hijos en los que depositar sus esperanzas.

Jordan levantó las manos como si quisiera apartar un mal augurio.

—Querrás decir que tiene a Mia.

Rick se encogió de hombros.

—Lo que tú digas.

Jordan miró a su alrededor.

—Podríamos meter nosotros todo esto en una camioneta, en vez de contratar una empresa de mudanzas.

—Sí, pero en estos momentos tengo problemas más urgentes.

—Ah, sí, los deberes paternos. Pero eso no será hasta dentro de…

—Siete meses o más —contestó Rick.

Chiara se había quedado embarazada en Welsdale o poco después de estar allí. Había habido muchas oportunidades. Una vez abiertas las compuertas, no habían sido capaces de dejar de tocarse.

—Me estaba preguntando qué regalo hacerte para la fiesta de inauguración de tu nueva casa. Ahora creo que necesitas uno de esos muñecos que se utilizan en las clases para padres, para practicar cómo cambiar los pañales y ese tipo de cosas.

—Gracias por el voto de confianza.

—La relación entre Chiara y tú va por la vía rápida.

—La relación era una maniobra publicitaria de cara a los medios.

Jordan lo miró sorprendido.

–¡Vaya, el trabajo de un especialista no se acaba nunca! Me dejas impresionado.

–Ya basta, Jordan.

Su hermano sonrió.

–De todos modos, una maniobra publicitaria… ¿y Chiara se queda embarazada? ¿Cómo se explica?

–También tenía que protegerla del acosador. Eso era verdad.

–Eso sí que lo hiciste. Y supongo que una cosa llevó a la otra.

–Sí, pero podía haber ido mejor –la parte difícil había sido la que tuvo lugar cuando él llegó a casa de ella. En cuanto a la relación…

–O peor.

Rick cerró el puño. ¿Por qué no le había hecho caso Chiara y había adoptado más precauciones? Porque era muy obstinada.

–Me resulta increíble que tuviera que enterarme de la noticia por la prensa sensacionalista.

–Alguien de su equipo la filtró.

–Creí que me enteraría por ti, que el vínculo fraternal serviría para algo –dijo Jordan, desconcertado.

–No hacía falta que supieras que era una maniobra publicitaria.

–A mí me parecía muy real. ¿Y qué vas a hacer?

–De momento, mudarme de nuevo a casa de ella, como ves.

Jordan asintió.

–Así que vas a volver a imponerte a la fuerza en su vida. ¿Conoces otra forma de abordar los problemas que no sea el del hombre de las cavernas?

–¿Desde cuándo eres un experto en relaciones de pareja?

–Esta situación requiere un gran gesto.

Rick estuvo a punto de lanzar un bufido.

–Me ha dicho que no necesita un caballero a caballo.

–Ella no te necesita, tú no la necesitas, pero queréis estar juntos. Tal vez sea eso lo que debas demostrarle –Jordan sonrió–. Dar la vuelta al cuento de hadas y presentarte a caballo para decirle que necesitas que te salve.

–¿De qué? –preguntó su hermano con el ceño fruncido.

–De ti mismo.

–Y eso lo dice el filósofo de la familia Serenghetti, que solo mantiene relaciones superficiales.

Jordan se llevó la mano al corazón.

–Mis poderes de gurú solo funcionan con los demás.

Rick le tiró una toalla, que su hermano agarró al vuelo.

–Vamos a acabar de hacer las maletas.

De todos modos, tuvo que reconocer que Jordan le había dado algunas ideas.

–Pareces una embarazada que se siente desgraciada –dijo Odele.

–Mi mejor papel hasta el momento –Chiara se sentía fatal. Su vida era un desastre. Resultaba paradójico que lo único que estuviera funcionando fuera la relación con su padre.

Después de los sucesos del día anterior, Odele

se había quedado a dormir, porque le pareció que Chiara necesitaba que alguien estuviera con ella. Y Chiara le agradecía su apoyo. Solo había llorado una vez.

Chiara jugueteaba con el tenedor removiendo la comida, sin probarla. Ese día brillaba el sol, a diferencia del día anterior. Su estado de ánimo debería haber mejorado también, pero le preocupaba tener que pasar los meses siguientes con Rick en su casa, deseándolo y perdiendo su independencia.

—Detesto ver que cometes un error —dijo Odele desde el otro lado de la mesa.

—Pareces nostálgica.

—Te hablo por experiencia. Yo dejé escapar a uno. No hagas tú lo mismo.

—¡Ay, Odele!

—Ahora hay un editor, de cincuenta y tres años, de uno de esos periodicuchos de supermercado que está esperando que esta señorita le dé una cita.

Chiara rio.

—Es muy joven para mí —dijo Odele con los ojos brillantes.

—¿A lo cincuenta y pico? Ya es hora de que alguien lo saque de la cuna.

—Lo pensaré, pero esta conversación no es sobre mí, querida, sino sobre ti.

Chiara suspiró.

—¿Cómo puedo evitar cometer un error? ¿Me lo vas a decir?

—Tengo una idea. Rick y tú estáis hechos el uno para el otro. Llevo tiempo pensándolo —Odele negó con la cabeza—. Por eso…

—¿Este embarazo en una señal divina?

—No, lo es tu expresión alicaída.

—Supongo que no soy tan buena actriz como creía.

—Eres una gran actriz. He llamado a Melody Banyon, de *WE Magazine*. Puede venir a entrevistarte mañana. Es mi segundo intento de que Rick y tú entréis en razón.

—¿Otros de tus trucos, Odele? ¿No hemos tenido ya suficiente contacto con la prensa? —preguntó Chiara en broma.

—Este plan te va a gustar más que mi idea de filtrar la noticia de tu embarazo, antes de que Rick se hubiera enterado. Pero eres tú la que debe decidir lo que quieres decir.

Cuando Odele le explicó lo que se le había ocurrido, Chiara asintió y le dio su propio toque.

A la mañana siguiente, Chiara estaba nerviosa y emocionada a la vez. Le parecía que iba a saltar desde un acantilado; de hecho, no era tan distinto como rodar una escena peligrosa de una película.

Sentada en una silla, en el cuarto de estar, frente a Melody Banyon, se estiró los pantalones con las manos. Casi era una réplica de la última entrevista con ella, salvo porque Rick no estaba.

—¿Estás embarazada?

Ella estaba a punto de confirmárselo al mundo.

—Sí.

—Enhorabuena.

—Estoy de tres meses.

—¿Y cómo te sientes?

—Bien. Tengo náuseas, pero es normal.

Melody ladeó la cabeza y esperó.

–Aunque este embarazo ha sido inesperado, quería tener hijos. Y he aprendido que en la vida no se puede planear todo.

–Estabas saliendo con un especialista que trabaja en una de tus películas, Rick Serenghetti.

–Así es. Rick me hizo un favor enorme. Todo comenzó como una maniobra publicitaria. Se hizo pasar por mi novio para distraer a la prensa de las andanzas de mi padre y sus apuestas. Sé que las personas famosas no suelen reconocer que hacen esas cosas con fines publicitarios, pero quiero despejar el ambiente.

Era muy duro, pero tenía que hacerlo. Odele la había convencido de que hablara sinceramente de sus sentimientos hacia Rick, pero Chiara pensaba que era importante anunciar públicamente la farsa que habían protagonizado ambos. Era arriesgado, pero importante.

–Has dicho «comenzó».

–Aunque yo no lo sabía, Rick aceptó participar en la farsa porque quería protegerme de un acosador, una amenaza que yo no me tomaba muy en serio.

–Ahora, a Todd Jeffers se le acusa de graves delitos. ¿Te sientes aliviada?

–Por supuesto. Y le estoy muy agradecida a Rick por haber hecho frente a Jeffers cuando este se metió en mi casa.

–¿Cómo está tu padre?

–Muy bien. Nos hemos visto y él ha accedido a ingresar en un centro de rehabilitación para su adicción. Estoy orgullosa de él.

—Así que con tu padre en rehabilitación y tu acosador en la cárcel, ¿Rick y tú estáis…?

Chiara se rio, nerviosa.

—Me he enamorado de él. Lo quiero.

Melody apagó la grabadora.

—Ha quedado perfecta.

—¿Lo crees así?

—Lo sé. Un titular aparecerá en la página electrónica de la revista dentro de unas horas. La edición impresa se publicará al final de la semana.

Solo quedaban unas horas para que Rick y el mundo entero supieran lo que sentía su corazón.

Lo mejor sería estar ocupada. Todavía tenía que poner en marcha la última parte del plan que había explicado a Odele.

Rick estuvo a punto de caerse del asiento. «Lo quiero».

Odele le había mandado un mensaje con el enlace de *WE Magazine*, y así se había enterado.

Al mirar su piso de alquiler, ahora semivacío, notó el silbido del viento que normalmente asociaba al rodaje de una escena a elevada altitud.

Le sonó el móvil. Era Melody Banyon, de *WE Magazine*.

—¿Tienes algo que comentar sobre la entrevista que le hemos hecho a Chiara Feran?

«Sí. No. No lo sé», pensó él.

—No voy a preguntarte cómo has conseguido mi número.

—Creo que ya lo sabes —contestó Melody, en tono divertido.

Odele, por supuesto.

Y, con repentina claridad, vio que lo que debía hacer era jugarse el todo por el todo. Su preocupación por la intimidad, por ser manipulado por la prensa, e incluso por las actrices sedientas de fama, salió volando por la ventana. No tenía tiempo para pensar si aquello era otra de las maniobras de Odele. Se habían acabado las mentiras, la farsa y el fingimiento.

—¿Hay algo que quieras decir? —insistió Melody.

—Sí. Mis sentimientos por Chiara han sido reales desde el principio. No ha habido fingimiento por mi parte.

—¿Y la noticia del embarazo?

—Aunque no fuera planeado, estoy muy contento.

—¿Eres el príncipe azul?

—Hasta ahora he disfrutado de mi intimidad y del anonimato, pero las cosas son ahora de conocimiento público.

—Muy bien. Ahora extraoficialmente, si estuviera en tu lugar, yo no dejaría escapar a Chiara. Ella está asustada, pero os he visto a los dos juntos. Estáis hechos el uno para el otro.

—Y creo que ambos hemos hecho un buen trabajo al haberte convencido de que éramos una pareja de verdad.

—No tan bueno como el de convenceros a vosotros mismos.

En efecto. De repente, supo que debía poner en práctica la idea que le había dado Jordan.

—Dame hasta mañana para que publiques mis declaraciones, Melody. Quiero que Chiara sea la primera en conocerlas.

—Por supuesto —respondió la periodista.

Rick apenas la oyó. El cerebro le bullía de ideas para su nuevo plan.

Chiara estaba tensa. Controlar la propia imagen era fundamental en Hollywood y ella acababa de desenmascararse. «Lo quiero...». Y el mundo entero lo sabía. No tenía dónde esconderse.

Se retorció las manos mientras miraba por la ventana de la cocina. El día anterior, *WE Magazine* había publicado parte de la entrevista *online*. Habían transcurrido varias horas y seguía sin saber nada de Rick.

Él podía humillarla declarando que la rechazaba, que le devolvía el corazón.

Descolgó el teléfono y llamó a Odele a la desesperada.

—¡Ay, Odele! ¿En qué lío me has metido? —gimió.

—¿Has echado un vistazo a las redes sociales?

—¿Bromeas? Es lo último que se me ocurriría hacer.

—Pues deberías. Internet arde tras la confirmación de tu embarazo.

—Estupendo —dijo Chiara con voz débil.

—Sí, pero la tormenta viral está girando a tu favor. La gente aplaude tu sinceridad.

—¿Por haber sido una farsante?

—Has sido sincera sobre la falsedad de la cultura de los famosos.

Chiara cerró los ojos. Se había vuelto viral como mentirosa en vías de recuperación... y a la gente le encantaba.

–Me da miedo salir de casa.

–No tenías miedo cuando te perseguía un acosador, ¿y lo tienes ahora?

Claro que sí. No sabía nada de Rick. El hacha todavía podía caer.

Entonces oyó un ruido lejano y frunció el ceño.

–Espera un momento, Odele.

Parecían los cascos de un caballo, pero era imposible.

Miró por la ventana. Un jinete en un caballo blanco se acercaba a la casa. No podía ser, pero su corazón supo que era él.

–Odele, tengo que colgar.

–¿Qué pasa, cariño? ¿Debo mandar a la policía?

–No hace falta. Creo que vienen a rescatarme.

–¿Cómo?

–Es Rick, montado en un caballo blanco. Adiós.

–¡Vaya! Y ni siquiera me lo había dicho para haber mandado a un fotógrafo a inmortalizar el momento.

–Repetiremos la escena para ti.

–Estupendo, porque las historias de amor son mis preferidas.

–Nunca lo hubiera dicho, ya que siempre me has presionado para hacer películas de acción.

–Y en una conociste a tu guapo especialista.

–¡Tengo que colgar!

–Buena suerte, cariño –dijo Odele riéndose.

Chiara se apresuró hacia la puerta principal. Se detuvo ante el espejo del vestíbulo. Le brillaban los ojos, pero deseó haber ido mas arreglada que con unos pantalones elásticos y una camiseta. De todos modos, aquella ropa aún le valía.

Respiró hondo, abrió la puerta y salió.

Rick detuvo el caballo frente a ella. Una sonrisa le bailaba en los labios.

Chiara puso los brazos en jarras.

—¿Has entrado con un caballo en el jardín?

—Sigo teniendo el código de la puerta de entrada. Tendrás que cambiarlo si no quieres continuar recibiendo visitas inesperadas.

Chiara indicó el caballo con un gesto de la cabeza.

—¿Y has venido cabalgando por un cañón hasta mi casa?

—Oye, que soy un especialista.

—¿Y esta es una de tus escenas peligrosas? —preguntó ella mirándolo a los ojos.

—Jordan me dijo que me montara en un caballo. Antes de que pudiera hacerlo o de buscar un plan alternativo, diste la entrevista a *WE Magazine* —dijo él, sin contestarla directamente—. Pero creí que, de todos modos, podría complacerte.

—¿Cómo lo harías?

Él desmontó ágilmente, la tomó en sus brazos y la besó.

Ella le devolvió el beso.

Cuando se separaron, él dijo:

—Te quiero.

Ella parpadeó para ocultar las lágrimas y dijo en broma:

—Debes de hacerlo si has venido hasta aquí a caballo.

—He tardado en darme cuenta. Fue cuando Jeffers te puso en peligro —afirmó él con expresión emocionada—. Podía haberte perdido, Chiara.

Ella asintió y tragó saliva para deshacer el nudo que se le había formado en la garganta.

–Dejé que la experiencia con Isabel me influyera, aunque me resultaba cada vez más evidente que no podíais ser más distintas.

–Eso se te puede perdonar –afirmó ella sonriendo–. Gracias a Odele, yo te utilicé para manipular a la prensa.

–Solo al principio. Pero eras valiente y decidida. Y tenías otras muchas capas que quería descubrir, aunque seguía intentando encasillarte como otra malvada actriz en busca de fama.

–¿Quién? ¿Yo? ¿Blancanieves? –bromeó ella.

Él sonrió y volvió a besarla.

Ella le puso las manos en el pecho.

–Gracias por enfrentarte dos veces a Jeffers. No me tomé en serio el peligro que corría porque no iba a consentir que me dijeras lo que debía hacer. Además, me has ayudado a salvar a mi padre de sí mismo.

Él fue a decir algo, pero ella le puso el dedo en los labios.

–Gracias por entrar en mi vida y enfrentarte a la locura de la fama. Tenía mucho miedo de ser vulnerable y que me hicieras sufrir.

Él la agarró de la muñeca y le besó la mano.

–Te quiero. Me estaba enamorando de ti y me daba miedo sentirme así –concluyó ella.

–Vamos a casarnos.

Ella soltó una carcajada de felicidad.

–¿Antes o después de que nazca el bebé?

–Antes. Incluso en Las Vegas. Tu padre puede ser el padrino.

—No puedo ser una actriz que se fuga a Las Vegas para casarse. Es un estereotipo –protestó ella.

—Eres una actriz de Hollywood que se va a casar embarazada. Eso ya es un estereotipo –Rick le guiñó el ojo–. Dejaremos que la gente adivine si vamos a llevar la farsa hasta el extremo de casarnos.

—¿Así que nuestro amor no es de verdad?

—Blancanieves, si mis sentimientos fueran más verdaderos, estarían saltando a mi alrededor como los siete enanitos.

—Muy gracioso.

Y él procedió a demostrarle lo verdaderos que eran.

Epílogo

Dos meses después

Chiara se mezcló con otros miembros de la familia Serenghetti que habían acudido a celebrar el cumpleaños de Serg, que cumplía sesenta y siete, con una barbacoa en Welsdale, en una calurosa tarde de agosto. Aún no se había acostumbrado del todo a aquellas reuniones familiares, ya que estaban a años luz de su experiencia anterior con su propia familia. Voces animadas y risas llenaban el hogar de Serg y Camilla.

De todos modos, la relación con su padre había progresado mucho. Seguía en rehabilitación, pero ya había anunciado que quería ayudar a personas adictas al juego. Y Odele seguía siendo para ella una segunda madre. Había empezado a comprar ropa para el niño. Y, además, Chiara tenía a la familia Serenghetti.

—La comida está deliciosa —afirmó Marisa mientras salía al patio bañado por la luz de la última hora de la tarde—. Me siento como una piñata a punto de explotar.

Chiara sonrió a su cuñada.

—Esa es una metáfora de estar embarazada que no había oído.

Poco después de hacer público su embarazo,

184

Cole y Marisa habían anunciado que ellos también esperaban un hijo, lo cual había sido una agradable sorpresa. Su cuñada estaba de un mes más.

Marisa suspiró.

—Sé cómo se siente un pollo *cordon bleu*.

—¿Como un jamón? —preguntó Jordan, que la había oído.

Su cuñada lo miró, divertida.

—Muy gracioso.

—Que no nazca antes de tiempo —se burló Jordan—. Mamá quiere tener la oportunidad de, por fin, poder organizar y celebrar un gran acontecimiento.

Chiara reprimió una sonrisa y se miró la alianza de platino y el anillo de compromiso, un solo diamante amarillo. Se había casado con Rick en Las Vegas, en una boda rápida con únicamente la familia como invitada. Había sido íntima y privada, como querían. No había habido medios de comunicación, aunque, una vez casados, le habían dado la exclusiva a Melody.

Mientras Marisa y Jordan se alejaban, Rick se le acercó y le puso las manos en los hombros. Chiara estuvo a punto de ronronear de alegría.

—¿Cómo te encuentras? —preguntó él en voz baja.

—Como si mi siguiente papel fuera el de una especialista embarazada.

—Lo harás estupendamente.

—Me siento como una actriz principiante que ha llegado a la cima acostándose con el jefe del estudio.

Él se echó a reír.

–Ahora somos socios.

En el hogar y en el despacho. Rick y ella habían montado una productora. Él se había comprometido a apoyarla en su carrera por todos los medios, lo cual incluía buscarle papeles adecuados. Ella, por su parte, quería respetar el deseo de él de no ser famoso. Había dado entrevistas sola, pero él insistía en acompañarla a acontecimientos públicos.

En ese momento, Serafina, la prima de Marisa, entró en el patio y frunció el ceño al ver a Jordan.

¡Uy! –exclamó Rick en voz baja para que solo lo oyera Chiara–. Tenemos problemas.

Como si lo hubiera oído, Jordan sonrió y se aproximó a Serafina con los ojos brillantes.

Chiara sonrió.

–Les deseo que sean de los buenos –después se volvió y se recostó en Rick mientras él le pasaba el brazo por los hombros–. ¿Estás de acuerdo?

Su esposo le guiñó el ojo y la besó.

–Totalmente. Tú eres el mejor problema que he tenido, Blancanieves. Y el resultado ha sido que el amor ha entrado en nuestras vidas.

No te pierdas *Un juego peligroso*,
de Anna DePalo
el próximo libro de la serie
Los hermanos Serenghetti.
Aquí tienes un adelanto...

A Sera le desagradaban los tipos carismáticos, los malos parientes políticos y las sorpresas inesperadas.

Por desgracia, Jordan era las tres cosas, y su repentina aparición en su lugar de trabajo, en un soleado día de primavera en Massachusetts, implicaba que debía prepararse para algo impensable.

—¡Tú! —exclamó Sera sin poder evitarlo.

Había sido un día más en Astra Terapéutica hasta que Jordan Serenghetti, el atractivísimo jugador de béisbol y modelo de ropa interior, se había colado en la fiesta.

Jordan sonrió.

—Sí, yo.

Con los brazos cruzados, se apoyó en la mesa de tratamiento como si adoptar una postura sexy fuera en él una segunda naturaleza, incluso cuando tenía que sostenerse con muletas, como era el caso en aquel momento. Vestido con una camiseta verde de manga larga y unos vaqueros, desprendía carisma. La camiseta le realzaba los fuertes músculos de los brazos y los vaqueros se ajustaban a sus estrechas caderas. No era que ella se estuviera fijando, no, al menos no de esa forma.

Sara no se fiaba de los hombres que eran demasiado buenos para ser verdad, a los que todo les resultaba fácil. Jordan Serenghetti encabezaría esa lista. Con el cabello negro y alborotado que llevaba muy corto, los ojos verdes y un rostro de rasgos esculpidos, destacaría en cualquier sitio.

Sera lo había visto en los anuncios de ropa interior, luciendo paquete y alimentando miles de sueños. Pero ella había aprendido por las malas a atenerse a la realidad, a no fantasear.

–¿Qué haces aquí? –le espetó. Le habían dicho que el siguiente paciente la esperaba en la sala seis, pero no sabía que fuera Jordan.

Se había enterado de que se había lesionado jugando al béisbol, pero se figuró que el personal de los New England Razors lo atendería bien, así que no iba a preocuparse por él, a pesar de que ahora eran casi parientes, ya que su prima se había casado con el hermano de Jordan. En los anales de sus malas historias con los hombres, Jordan ocupaba el segundo puesto, a pesar de que tenía claro que él no recordaba el encuentro casual que habían tenido en el pasado.

Observó su rodilla izquierda, que llevaba vendada. No estaba acostumbrada a ver a Jordan Serenghetti en una situación de vulnerabilidad.

–Vaya, es un cambio refrescante con respecto a la forma habitual en que me saludan. Normalmente, mis admiradores gritan entusiasmados mi nombre. Eres un antídoto contra la monotonía, Angel.

Sera suspiró. ¿Admiradores? Más bien mujeres gritando su nombre. Mujeres terriblemente equivocadas y engañadas.

–No me llames Angel.

–No soy yo quien tiene el nombre de un ser celestial.

Bianca

**De hacerle la cama al multimillonario...
¡a pasar las Navidades con él entre las sábanas!**

EN LA CAMA CON EL ITALIANO

Sharon Kendrick

La tímida empleada de hogar Molly Miller siempre se esforzaba por hacer su trabajo lo mejor posible. Estaba ansiosa por impresionar con la cena al rico invitado de sus señores, Salvio de Gennaro, pero en vez de eso se llevó una injusta reprimenda de lady Avery.

Horas después, cuando Salvio la oyó llorando, acudió a su cuarto con el propósito de consolarla... y acabaron en la cama. Sin embargo, aquella noche de pasión le costó el empleo a Molly y, cuando la secretaria de Salvio le ofreció la posibilidad de trabajar temporalmente para él y aceptó, ni se imaginó lo que iba a pasar.

Acepte 2 de nuestras mejores novelas de amor GRATIS

¡Y reciba un regalo sorpresa!

Oferta especial de tiempo limitado

Rellene el cupón y envíelo a

Harlequin Reader Service®
3010 Walden Ave.
P.O. Box 1867
Buffalo, N.Y. 14240-1867

¡Sí! Por favor, envíenme 2 novelas de amor de Harlequin (1 Bianca® y 1 Deseo®) gratis, más el regalo sorpresa. Luego remítanme 4 novelas nuevas todos los meses, las cuales recibiré mucho antes de que aparezcan en librerías, y factúrenme al bajo precio de $3,24 cada una, más $0,25 por envío e impuesto de ventas, si corresponde*. Este es el precio total, y es un ahorro de casi el 20% sobre el precio de portada. !Una oferta excelente! Entiendo que el hecho de aceptar estos libros y el regalo no me obliga en forma alguna a la compra de libros adicionales. Y también que puedo devolver cualquier envío y cancelar en cualquier momento. Aún si decido no comprar ningún otro libro de Harlequin, los 2 libros gratis y el regalo sorpresa son míos para siempre.

416 LBN DU7N

Nombre y apellido	(Por favor, letra de molde)
Dirección	Apartamento No.
Ciudad	Estado	Zona postal

Esta oferta se limita a un pedido por hogar y no está disponible para los subscriptores actuales de Deseo® y Bianca®.
*Los términos y precios quedan sujetos a cambios sin aviso previo.
Impuestos de ventas aplican en N.Y.

**La amante del griego...
oculta que es una princesa.**

LA PRINCESA ESCONDIDA

Annie West

En su intento por ayudar a su mejor amiga a escapar de un matrimonio de conveniencia, la princesa Mina acabó cautiva del enigmático Alexei Katsaros en su isla privada. Mina tenía que convencer a Alexei de que ella era su futura esposa, pero no esperaba la deliciosa pasión que sobrecogió a ambos. Y, después de una noche con Alexei, se dio cuenta de que había más en juego que el secreto de su identidad, su corazón estaba también a merced de Alexei.

DESEO

Cuando separar el placer del deber no es una opción, la única que queda es guardar secretos

Amor pasajero

JANICE MAYNARD

Había un nuevo soltero en el pueblo que había dejado encandilada a la abogada Abby Hartman. Duncan Stewart, el sexy nieto escocés de una clienta del bufete, debería haberle estado prohibido, pero pensó que tampoco sería tan terrible tener con él una breve y apasionante aventura, ¿no? La cosa se calentó demasiado rápido y cuando una crisis familiar reveló la verdadera identidad de Abby, tuvieron que elegir entre seguir con su aventura temporal o estar juntos para siempre…